情感
類語小典

The Emotion Thesaurus:
a Writer's Guide to Character Expression

安琪拉・艾克曼（Angela Ackerman）&
貝嘉・帕莉西（Becca Puglisi）著

蘇雅薇 譯

目錄

導論

情緒的力量

每一本暢銷小說，不管是什麼類型，都擁有一個共通點：情緒。

小說中每個人物做出的決定、表現出的行為和說出的台詞，都深深紮根於「情緒」這件事；而他們的決定、行為和台詞又反過來驅動了故事的發展。少了情緒，小說人物的生命歷程便毫無意義，他們要付出的代價也不復存在，而故事情節也宛如乾枯的河床，僅由無意義的事件拼湊而成，沒有讀者想花時間讀。為什麼？因為讀者翻開一本書的首要目的，就是追求一場情緒的體驗。讀者閱讀時希望自己與故事裡的人物產生連結與共鳴，這些角色人物可讓讀者獲得娛樂，而角色面臨的挑戰也可能替讀者的人生增添意義。

人類是有情感的生物，受到情緒的支配。情緒影響我們的抉擇，情緒決定我們會與誰相處，奠定我們的價值觀。情緒也替溝通增色，讓我們與他人分享有意義的資訊和信念。雖然大部分的人際溝通似乎都靠對話，研究卻指出有百分之九十三的溝通與口說無關。即使我們努力不讓情緒表現出來，肢體動作還是會發送出訊息。

正因如此，我們早已習慣不靠一言一語，就能判讀對方的感受。

身為作家，我們必須拿出與生俱來的觀察能力，運用在書寫上面。讀者的期望很高，他們不希望作者直接點明角色人物的感受，反而想自己去體會。作者若要符合讀者的這種期待，就必須確保自己筆下的角色使用容易理解的方式來表達情緒，而且文字讀起來又吸引人。

口語及非口語溝通

對白，是一個角色表達想法、信念和立場的好方法。但只靠對白，無法創造完整的情緒體驗。作家若要把情緒好好呈現出來，就需要利用非口語溝通的元素。非口語溝通元素可分為三類：身體外部反應（肢體語言和動作）、內部感受（深藏體內的反應）和心理反應（思緒）。

身體外部反應：指的是人感到情緒時，表現在外在肢體上的反應。情緒越強烈，肢體的反應就越激烈，也越難有意識地控制自己的行為。由於每個角色都不同，他們展現情緒的方式也各有差異。作家只要把每個角色的特質和他們各種不同的身體反應結合起來，就可以擁有無限多種的選擇，可以使用肢體語言和動作來呈現人物的情緒。

內部感受：是最劇烈的非口語溝通元素，使用時要特別小心。體內的器官反應（呼吸、心跳、頭暈、腎上腺素激增等）乃是出於自然又不受控制，會在第一時間激發出「反擊或逃跑」的本能。內部感受都是身體的直覺反應，每個人都經歷過，因此讀者馬上能辨認出來，直接產生共鳴。

正因為體內的感覺反應較為敏銳，作家使用時必須特別注意，過度依賴內部感受就會變得濫情。而體內的感覺反應畢竟有限，往往會不小心寫出陳腔濫調，所以筆下採用這種非口語溝通元素時，切記出手不要太重，簡單一筆便有顯著效用。

心理反應：這很像一扇窗，透露了角色體驗情緒時的思考過程。人的思路往往不理性，可能在不同議題間快速跳動。作家利用角色人物的思緒來呈現情緒，便能告訴讀者這個特定角色如何看待世界，也能加深角色的層次，顯示該人物的觀點如何受到其他人、地、物等因素的影響。心理反應也很適合表達角色人物的立場。

平衡

我們很容易明瞭情緒的力量，以及情緒如何帶領讀者深入劇情和角色內心。但是要把情緒寫好，是很難的事情。每個場景都需要在「情緒呈現不足」和「過度表現情緒」之間達到平衡。描述情緒時，首要目標應該是寫得獨特又引人入勝，如果作家每次描寫的情緒，強度都差不多，那麼便很難達到這個目標。

本書希望協助讀者腦力激盪，想出新的方法表現筆下角色的情緒。然而描寫情緒時還會面臨許多問題，這又該怎麼辦呢？以下，我們就討論幾個常見的問題，提出克服的技巧。

如何描寫非口語述說的情緒表現：避免常見問題

直接說明

顧名思義，非口語情緒無法用「說明」的，一定得用「呈現」的方式讓讀者看到。情緒之所以很難寫，就是因為「呈現」比「說明」困難多了。舉個例子：

> 派斯頓先生眼神充滿哀傷，告訴她這個消息：「喬安，我很遺憾，但公司不再需要妳的服務了。」
>
> 喬安瞬間暴怒，她這輩子從沒這麼生氣過。

要寫出這段對話其實不難，但閱讀起來就覺得平淡。讀者是很聰明的，能推敲出很多細節，他們不喜歡作者在一旁替大家解釋內容。如果作者直接說明故事人物的感受，便犯了這個大忌；而且直接把角色的情緒講出來，還會拉大讀者和角色之間的距離，通常不是好事。上述例子中，讀者看到派斯頓先生不太想把壞消息告訴喬安，而喬安聽了這個壞消息則是非常生氣。你不只希望讀者看到「發生了什麼事」，你還希望他們跟角色一同體驗、親自感到情緒。想做到這一點，作者不可以直白說出情緒，反而需要呈現角色肢體和內心的反應：

> 喬安坐在椅子前緣，背挺得跟新鉛筆一樣直，直盯著派斯頓先生的臉。她給了這個人十六年——包括她生病的日子、孩子生病的日子——每天通勤時搭著充滿汗臭的巴士穿過整個鎮上。現在他甚至不願正眼看著她，只是一直翻弄她的資料，重新擺放桌上花俏的小玩意兒。顯然他也不想告訴她壞消息，但她可不打算讓他好過。
>
> 她手上抓著的塑膠皮包被她弄得劈啪作響，於是她鬆開手。包包裡裝著小孩的照片，她不想弄皺了。
>
> 派斯頓先生第一百次清清喉嚨。「喬安……班森太太……公司不再需

要妳的服務——」

喬安猛然跳起，撞得椅子飛過磁磚地板，撞上牆壁，發出令人滿意的一聲巨響。這時她衝出了辦公室。

這個場景讓讀者更有機會共享喬安的怒火。透過對於感官細節的描寫、精心安排的譬喻和特定的動詞，以及與想要表達的情緒相符的肢體動作，讀者不只看到、更感受到了喬安的憤怒：她挺直的背脊，手裡緊抓的便宜塑膠皮包，單單站起身就把椅子撞飛的力道，在在顯示出她是多麼生氣。

以上例子也透露出許多與角色人物相關的訊息：喬安並不富裕，她有小孩要養。她或許生氣，但她也很驕傲、堅強又關心家人。這些訊息讓喬安這個角色更為鮮活，讀者也更能認同她。

光從上述例子所使用的字數就可以看得出來，「呈現」比「說明」更費功夫，但結果卻能讓讀者親近故事的人物，協助他們同情這個角色。偶爾，當你需要盡快傳達訊息，或需要一個簡單的句子來表示氣氛或焦點的轉變，此時可以直接說明角色的感受。但其餘百分之九十九的時候，還是多努力一點，這樣就能得到呈現情緒的好處。

陳腔濫調的情緒

- 咧嘴笑得嘴巴都要裂了
- 一滴淚珠掛在眼角，接著緩緩滑下臉頰
- 膝蓋不住打顫

文學作品中的陳腔濫調之所以遭到鄙視，其中不無道理，因為這代表作者懶惰，想不出創新的寫法，只好屈就於簡單的詞彙。可是作家之所以一再採用樣板字詞，也因為這些用過頭的例子確實有效：「那抹微笑」必然暗指開心，就像「打顫的膝蓋」一定表示害怕。然而這些描述缺乏深度，原因是它們能展現的情緒範圍有限。那滴淚水告訴讀者這個人很難過，但她有多傷心？難過到會啜泣嗎？還是尖叫？崩潰？她五分鐘後還在哭嗎？為了與角色共鳴，讀者必須知道所體驗情緒的深度。

若要描述特定情緒，可以想想你自己的身體，以及你感到這種情緒時會有什麼反應。讓我們用「興奮」當例子：此時你的心跳加速，脈搏變快，雙腿跳上跳下，平時有條理的人說話變得滔滔不絕、越說越快，聲調提高，音量變大。任何一種情緒都伴隨數十種身體內外的轉變，只要在文中提到這些轉變，就能將角色的感受呈現給讀者。這本小辭典列出的內容固然可以當成你的創作點子，但你自己的觀察也很重要。寫作者應當多多研究人物，不管是大賣場裡活生生的客人，或者電影中的角色，注意他們困惑、不知所措，或煩躁時的行為。我們最容易注意臉，但身體其餘部位也會洩漏許多訊息，千萬別錯過聲音、說話方式、整體舉止和姿勢的改變。

此外，請多瞭解你的角色。每個人做事的方式都不同，就連刷牙、開車或煮晚餐等平凡的活動也各有差異。情緒也不例外。不是每個角色在生氣的時候都會大叫、摔東西，有些人生氣時會壓抑說話的聲音，有些人會默不吭聲，也有不少人出於各種原因，甚至會掩飾怒火，裝作完全不生氣。若能依照你筆下角色人物的特質，描述他／她感受到的情緒，便幾乎保證能寫出嶄新又吸引人的文字。

●濫情

假如情緒的強度全都一樣，描寫起來就容易多了，然而情緒的力道實際上並不相同。以恐懼為例，視情況的嚴重程度，人的感受從不安、焦慮、疑神疑鬼，到慌恐都有可能。極端情緒需要極端的描寫方式，其他比較細緻的情緒則相對內斂，必須以適當的方法呈現。可惜許多作家都誤以為想抓住讀者的心，就得用誇張的方式去描述情緒：難過的人就該痛哭流涕，高興的角色非得蹦蹦跳跳表示開心。這種寫法顯得濫情，也很難取信於讀者，因為實際的情緒並非總是如此明確。

為了避免濫情，請記得情緒就像光譜，從溫和一路到極端都有。無論在哪種場景中，都該注意角色人物當下的情緒位在光譜哪個位置，並選擇適合的方式去描寫。極端情緒需要極端的描述，溫和情緒則該含蓄表現，而中間情緒的呈現則介於兩者之間。

還有一點很重要：角色情緒應該循著一個順暢的曲線慢慢發展。請看以下例子：

> 麥克用拇指敲打方向盤，一隻手臂伸出去擱在車窗外。他朝黛娜笑笑，但她只是坐著，手指捲著一縷頭髮。
>
> 他問道：「在擔心妳明天的面試嗎？」
>
> 「有一點。這是個好機會，但時機糟透了。我有太多事要煩心了。」她嘆了口氣，「我覺得應該讓自己輕鬆一點，讓生活簡單一點。」
>
> 「有道理。」他跟著廣播的節奏點頭，然後朝騎著哈雷機車超越他的

騎士揮揮手。

「我很高興你也同意。」她轉過來面對他，「我想我們應該分手。」

他的腳離開油門。氣氛忽然變得沉重，害他難以呼吸。車子滑向中線道，但他放任車子繼續歪斜，毫不在乎自己的死活。

除非麥克患有精神疾病，他的情緒不應該在幾秒內從平靜就驟然跳到憂鬱。比較寫實的發展應該讓麥克從滿足的狀態中變得震驚，接著感到不可置信，最後才陷入哀傷。只要花點心思，不需要太大篇幅便能呈現這條情緒發展的曲線：

「我很高興你也同意。」她轉過來面對他，「我想我們應該分手。」

他的腳離開油門。「分手？妳在說什麼？」

「麥克，你也知道，我們這陣子已經走上分手之路了……」

他緊抓住方向盤，深吸幾口氣。確實，他們最近處得不太好，她也老說希望彼此休息一下，但每次她都回心轉意。而且她肯定沒說過「分手」這兩個字。

「聽我說，黛娜——」

「拜託，別這樣。這次你沒辦法說服我了。」她直盯著儀表板，「我很抱歉。」

他的五臟六腑都絞在一起。他瞄了黛娜一眼，但她蜷起身子靠著車窗，雙手隨意放在大腿上。

他張大了嘴。他們百分之百要分手了。

請確保你筆下人物的情緒發展合理，規劃好每個段落的情緒發展曲線，避免不必要的濫情橋段。

真實生活中並非沒有極端的情緒。出生、死亡、失去、改變——許多事件都會喚起強烈的情緒反應，並持續好一陣子。有些作家為了努力讓作品寫實，會試圖鉅細靡遺描述這些事件當中的強烈情緒，導致可能好幾段、甚至好幾頁都在描述極端情緒，最後就顯得濫情。雖然真實生活中，強烈情緒可以長久維持，但依樣畫葫蘆寫成文字時，讀者幾乎都不會買單。

碰到這樣的情形時，為了避免濫情，請簡化你的描述。就像你在書寫其他真實的生活情境時（例如人物之間的對話），也常會用到這種簡化的手法——人物之間的閒聊必須加以捨棄，故事發展才不會拖拖拉拉。平凡事件的描述也最好縮短，因為讀者不需要（或不想看）主角一面洗車子的每個部件，一面思考公事。同理，對於極端情緒的描寫，應該以適當的長度為之：既要傳達適當的資訊，又不能太長，以免讀者失去耐心。你應當好好描寫情緒，助長讀者的同理心，發揮每個字的最大效用，又不要拖泥帶水。

過度依賴對話或思緒

非口語溝通很難用文字書寫來呈現，有些作家自然而然會避而不用，改以角色人物的想法或對話來呈現他們的感受。然而過於依賴角色人物的想法或對話，都有問題。

> 我問道：「你——你確定？」
> 「絕對沒錯。」貝克教授回答：「從頭到尾你們的表現都是不分軒輕，但最終還是你出線了。威廉，恭喜！」
> 「真不可思議！」我說，「畢業生致詞代表！我太高興了！」

對白的選詞用字確實能表達情緒，但效果有限，於是作者只剩下差勁的伎倆可用，例如直接告訴讀者這個角色的感受（我太高興了），以及濫用驚嘆號來顯示情緒強度。角色不斷進行對話，欠缺動作穿插其間，讓這些台詞聽起來也有些浮誇。

反過來說，只靠思緒來傳達情緒也有問題。

> 我的心跳大概增高到每分鐘一百六十下左右。我成功了！畢業生致詞代表！我本來以為奈森會贏過我：他是物理實驗室的天才，過去一個月，他根本成了學校的地縛靈，幾乎天天住在圖書館。
>
> 我張開雙臂抱住貝克教授。日後想起這件事，我大概會尷尬到發抖，但現在我不在乎。我做到了！奈森・舒特曼，閃邊去吧！

嚴格來說，這個例子沒什麼不妥，文中用到了身體內部及身體外部的肢體訊號，讀者也清楚知道威廉很興奮，但感覺就是不真實。為什麼？因為這段獨白若少了角色人物與他人的互動，味道就不對：貝克教授明明在場，顯然之前也在跟威廉說話，威廉如此興奮卻什麼也沒說出口，感覺……很奇怪。

內心獨白是說故事很重要的一環。在許多場合或情境之下，使用一、兩段內心戲頗為洽當，但不是上述的這種時候。這個例子（以及大多數場景當中），應當結合對話、思緒和肢體語言，最能有效傳達情緒。

> 我的脈搏以每分鐘一百六十下左右的速度狂跳。不，我一定聽錯了，是我過度敏感、缺乏睡眠的糟糕想像力作祟。
>
> 「你——」我清清喉嚨，「你確定嗎？」
>
> 「從頭到尾你們的表現都是不分軒輕，但最終還是你出線了。威廉，恭喜！」
>
> 我跌坐在皮椅上，壓得椅子嘎吱作響。畢業生致詞代表。奈森過去一個月根本成了學校的地縛靈，幾乎天天住在圖書館，我怎麼贏過他的？更

別說我物理才勉強拿了乙下。
我悄聲說：「可是我做到了。」
教授站起身，要跟我握手。我跳起來，張開雙臂抱住他，讓他雙腳都懸空了。日後想起這件事，我大概會尷尬到死，但現在我不在乎。
「我做到了！奈森．舒特曼，閃邊去吧！」
教授用快被勒死的聲音說：「我就知道你有這能耐。」

表達情感時，請活用各種方法，同時採取口語、非口語技巧，以便呈現最好的效果。

●藉著背景故事提升讀者同理心

每個角色人物都是獨一無二的，他們會被過去的生命經驗所影響。若想激起讀者的同理心，最好的方法就是揭露這個角色為什麼會變成現在這個樣子。舉電影《大白鯊》為例，觀眾第一次看到鯊魚獵手昆特時，他拿髒髒的手指刮著黑板，不怎麼討喜。隨著故事進展，觀眾見識到他粗魯的行徑，又看到他霸凌年輕的胡珀先生，因而更討厭他。然而等他說出印第安納波利斯號的沉船事件，以及他如何在鯊魚群中划水求生五天五夜，觀眾便瞭解他為何會變得這麼鐵石心腸了。他的行為並沒有改變，我們依舊不太喜歡他，但我們現在同情他了，因為人生發給他一手爛牌。

由這個例子可見，背景故事是提升讀者同理心的良方。過往經驗成就了每一個人，身為作者，你需要瞭解角色為何會變成這樣的人，並且將這個資訊傳達給讀者。若你想進一步學習如何發展角色的背景故事，並探索角色因而產生的個性，我們推薦本書的幾本姊妹著作：《正面特質小典：給作者的角色優點指南》（The Postive Trait Thesaurus: A Writer's Guide to Character Attributes）和《負面特質小典：給作者的角色缺點指南》（The Negative Trait Thesaurus: A Writer's Guide to Character Flaws）。

背景故事的困難點在於，該分享多少背景訊息給讀者。許多作家為了贏得讀者的同情心，會傾向於透漏太多訊息，導致故事的步調變慢，害讀者覺得無聊，很想直接往後跳到好看的段落。昆特頑固瘋狂的個性絕不是一件慘事造成的，但作者不需要全部都敘述出來，只要把一起事件寫得好，就足夠了。

為了避免濫用背景故事，請先決定你要告訴讀者的背景細節，然後將這些訊息分散在當下故事的框架中，以免敘事步調變慢。你可以先這樣練習：回想一下，文學作品中你最喜歡哪個角色（就算是討人厭的角色也行），回顧他們的故事，研究作者選擇透露哪些他們過往生命的線索，以及如何呈現。

背景故事很難寫好。跟寫作的各個面向一樣，關鍵是要達到平衡。

如何使用本書

現在我們知道情緒能推動場景。寫得好的時候，能促使讀者不再冷漠，開始與角色一同體驗情緒。描寫真實的情感並不容易，但要寫出傑出的小說，作者必須想出創新的點子，來呈現角色的情緒。

表達情緒最有效的方法，就是同時採用口語和非口語的溝通方式。本書提供寫作者一些重要的非口語元素，以便激盪出耀眼的情緒場景，讓讀者難以忘懷。接下來還有幾點建議，協助你把本書的利用價值做最大的發揮：

辨識基礎情緒

有些情境會激起單一、容易辨認的情緒，然而大多時候，人會同時產生多種感受。如果你不知道如何把角色的情緒糾葛展現給讀者看，可以試著退後一步，先辨識角色的基礎情緒是什麼。基礎情緒就像催化劑，從這裡再激發出角色人物感受到的其他情緒。一旦找出基礎情緒後，請在本書查閱這個情緒的詞條，並且參考其中列舉出來的各式情緒表現。而後面「進一步可能引發的情緒」這個單元，則提供了一些合理的發展方向，說明你筆下角色人物的情緒，可能朝著哪裡發展。等你清楚呈現基礎情緒後，便能把其他感受稍微堆疊上去，完整表現角色人物正在體驗的情緒。

利用場景設定

你筆下的角色人物，並不是活在與世隔絕的泡泡裡，他們會跟周遭世界互動，尤其牽涉到情緒的時候更是如此。角色若在廚房，可能因為盛怒而把酒杯從流理台掃到地上，但在辦公室時，同樣的怒氣就需要稍做控制，可能是用力摔上門，或姿勢僵硬，手指猛敲鍵盤。參考本書的條目時，請記得角色所在的地點，這樣才能寫出自然又獨特的情緒反應。

少反而好

描述角色感受時，用了太多詞句或暗示反而會拖緩劇情節奏，稀釋讀者的情緒體驗。有時這是因為作者無法辨識、聚焦於基礎情緒，有時是選用了太多不明確的情緒指標。鮮明的描寫會立即在讀者腦中帶出畫面，所以請盡量用確實的肢體語言，給讀者解讀。注意過長的情緒段落，以免拖緩劇情。永遠站在讀者的立場思考，促使他們一頁一頁翻下去。

扭轉樣板用法

創作者應該盡可能使用嶄新的方法呈現情緒，但說真的，有些樣板描述法確實有用，才會不斷在小說中出現。本書每個條目都包含好多個詞句，假如你想要採用某種常見的情緒反應描述法（例如翻白眼或握拳），動筆前請先扭轉一下寫法。

舉「顫抖」為例，這個身體的反應暗示恐懼或不安。角色身體會沿著脊髓向上或向下發顫……但這麼寫就是陳腔濫調了，可能害讀者倒胃口。選用顫抖的感覺沒問題，但何不加點新意呢？例如讓雙腿後側湧現一陣顫慄？或把顫抖譬喻為切葉蟻沿著藤蔓爬動？更好的方法則是別用「顫抖」這個詞，反而描述皮膚繃緊或汗毛直豎。不要懼怕去嘗試，有很多方法能扭轉陳腔濫調，寫出獨特的說法。

把同義語條目當做第一步

每一個正在感受情緒的角色人物都不相同，正如情緒導致的肢體動作、行為、體內感受和思緒也有千千百百種。本書每個條目列出的內容並非以一概全，我們反而希望以此刺激寫作者跳脱框架。每個角色都有獨特的背景和個性，他們是否習慣與他人相處，也會影響他們表達情緒的方式。因此寫作者應該將本書的條目當做腦力激盪的基礎，鼓勵自己進一步創造全新、特別的方式，展現角色的情緒狀態。

試著搜尋相關的情緒

如果你在某個條目裡找不到適當的身體外部反應、內部反應或思緒，試著參考類似情緒的條目。每個條目都列出了不同的情緒表達方式，只要加以研究，或許能激發新點子。

把體內感受當作身體外部的反應

有時最強烈的情緒反應來自內部的直覺感受，但這些發生在體內，外人難以察覺。如此一來，創作者若想維持第三或第一人稱敘事，又想展現角色情緒時，便會遇上麻煩。此時創作者應該聚焦於帶有外部「線索」的體內反應，比方說，冒汗、臉紅和發抖都具有外顯元素，能讓外人看見。巧妙運用這些暗示，創作者便能既描述角色的體內反應，又不破壞敘事角度。由於這些特殊的內部感受帶有外顯線索，我們將其列在「身體外部反應」類別當中。

結語

我們希望這本書能協助創作者腦力激盪，想出獨特的方式呈現角色的情緒。本書的條目只是起點，盼望這本書能成為各位寫作旅程上的良伴，陪同大家寫出一本又一本的作品。祝各位寫作愉快！

情感
類語小典

本書收錄 75 個關於情緒描繪的同義語條目，每個條目都用下列七個單元來呈現，讀者可以交叉結合使用。

身體外部反應
指的是人感到情緒時，身體外顯的反應。情緒越強烈，身體反應就越激烈，也越難有意識地控制動作。

內部感受
是最強烈的非口語溝通元素，使用時要特別小心。

心理反應
就像一扇窗，透露了角色人物體驗情緒時的思考過程。

極度或長期處於某種情緒下，會出現的徵狀
這個部分嘗試描述，當角色人物長期處於某種情緒（例如長期的痛苦）下，會出現哪些身體和情緒反應。

出現某些徵狀，代表正在掩飾某種情緒
當角色人物出現哪些身體和情緒反應，代表他正在掩飾哪些情緒。

進一步可能引發的情緒
這裡提供了一些合理的發展方向，說明角色人物情緒可能朝哪裡發展。你可以把其他感受堆疊上去，完整表現人物正在體驗的情緒。

寫作小撇步
每個條目的後方還有一些寫作的技法建議，可讓本書使用者更能掌握「如何寫好人物的情緒」。

小心謹慎

[wariness]

【定義】

因為小心、提防、警戒而展現出不信任；正在留心可能發生的危險

身體外部反應

- 頭歪向一側
- 瞇起眼，有如困惑
- 緊緊抿起嘴唇
- 眉毛下降（或許因皺眉頭）
- 視線掃向（問題的）源頭
- 舉起手擺出防禦姿勢
- 用安撫、勸慰的語調說話
- 向後退
- 越來越警惕，姿勢也「挺直」
- 往旁邊靠，但眼睛直盯著源頭
- 努力傾聽，似想聽到某個聲音／某件事
- 抬起下巴
- 兩手空下來

- 注意到可能的出口處
- 知道後方有什麼
- 問問題，在情勢惡化前辨別出問題的根源
- 繞圈子，拐彎抹腳接近某人或某事
- 動作緩慢而小心
- 說話飛快，意圖維持現狀
- 後退一步，先觀察才投入
- 身體僵直，動也不動
- 聲音緊張或緊繃
- 被碰到時縮起身子
- 遲疑
- 咬嘴唇，或雙唇緊閉
- 眼神彷彿在究問

- 字斟句酌
- 眉頭深鎖
- 摩擦前額或太陽穴
- 咬牙
- 表情堅定或嚴肅
- 下巴突出
- 警覺到突然的動作

內部感受

- 腎上腺素增加
- 心跳和脈搏飛快
- 肌肉緊繃
- 呼吸哽住或短暫停止
- 直覺感到事有蹊蹺（寒毛直豎，皮膚起

雞皮疙瘩）

心理反應

- 頭腦試著辨別可能的危險
- 相信自己的直覺
- 感官極度敏銳
- 防禦感
- 思緒狂奔，同時試著釐清狀況
- 錯亂
- 難以全心投入任何動作
- 觀察細微
- 試圖同時看、聽每件事
- 無法放鬆或微笑
- 預想可能發生的事

極度或長期小心謹慎的徵狀

- 擴大個人空間
- 站在有屏障的地方（例如挪到桌子後方）
- 爭執的目的不是挑釁，只為提供高明的見解
- 四處搜尋可能的武器
- 問自己知道答案的問題，好判別對方的意圖

掩飾小心謹慎的徵狀

- 冷淡
- 眼眸低垂
- 說笑話，試圖舒緩氣氛

- 姿勢顯得不是很自在（獨自站著，雙手插腰）
- 傾身遠離
- 遲疑

進一步可能引發的情緒

恐懼（參見第156頁）、猜疑（參見第196頁）、心神不安（參見第58頁）、焦慮（參見第216頁）

寫作小撇步

描寫情緒時，可多參考自己的經驗。就算你的經歷和角色人物不同，你也可能因為別的事產生同樣的感情。以個人經驗為基礎，讓故事活過來。

不可置信

[disbelief]

【定義】

不願相信；拒絕接受事實

身體外部反應

- 嘴巴張開
- 睜大眼睛
- 低頭或撇開眼
- 揉眼皮或眉毛
- 說出不話
- 轉過身，摀住嘴巴
- 臉色發白
- 問「你確定嗎？」之類的問題
- 搔抓下巴
- 搖頭
- 無意識地摩擦手臂
- 表示驚訝：「你說的是真的嗎？」或「不可能！」
- 稍微後退，增加個人空間

- 露出自己的手掌（雙手的手掌上翻）
- 挑起單邊眉毛
- 頭歪向一邊
- 眼神渙散
- 快速眨眼
- 手梳過頭髮
- 驚呼，結巴，嘴巴張開又閉上
- 雙手垂在身旁
- 姿勢稍顯頹喪
- 脖子向前彎
- 手順過頭髮，往後梳，再放開
- 將眼鏡往下拉，從鏡框上看出去
- 大喇喇直盯著看
- 摀住耳朵

- 重複說「不」和其他否定詞，像「不可能！」
- 雙臂環抱在胸前
- 盯著自己的手掌，彷彿答案寫在上頭
- 搖動、拉扯或敲打耳垂
- 回頭再看一眼
- 揮手要對方走開

內部感受

- 胸口發麻
- 胃部僵硬或緊縮
- 稍微吸氣（倒抽一口冷氣）
- 頭暈
- 呼吸侷促

心理反應

- 馬上做出道德批判（好或壞，對或錯）
- 絞盡腦汁試圖理解
- 試著講理或蒐集更多資訊
- 假裝聽錯了

極度或長期不可置信的徵狀

- 姿勢躁動
- 爭執
- 走開
- 重複表達不可置信的情緒：「我真的不敢相信」
- 說話困難，回答斷斷續續
- 舉起手抵擋事實
- 要求有影響力的人想辦法改變結果
- 拒人於千里之外的姿勢（雙臂在胸前形成屏障）

掩飾不可置信的徵狀

- 轉變話題
- 緊張地笑
- 找藉口
- 支持結果，假裝自己一直都「知道狀況」
- 向他人保證自己的信念、承諾等
- 問問題以取得資訊，不露出不相信的樣子
- 清喉嚨
- 咳嗽，假裝喝飲料嗆到

- 避免眼神交會
- 虛假的無聊回應：「真有趣」或「喔，不錯啊」

進一步可能引發的情緒

難以承受（參見第 316 頁）、生氣（參見第 66 頁）、否認（參見第 116 頁）、放棄（參見第 136 頁）

寫作小撇步

創作小說時，通常不該太濫情，但如果使用濫情的方式來刻劃誇張的角色人物，會有不錯的效果。

不耐煩

[impatience]

【定義】

感到躁動或易怒；渴望立刻改變、
立刻解脫或立刻滿足

身體外部反應

- 挑起眉毛
- 雙手插腰
- 擰眉怒目
- 頭往後傾，視線朝上
- 雙臂抱胸
- 站姿或坐姿僵硬
- 腳掌點地（有如在打拍子）
- 雙手交握
- 抿嘴唇
- 玩弄袖扣或珠寶首飾
- 不斷瞥向時鐘
- 來回踱步
- 突出下巴，露出堅毅的下巴線條

- 用指甲敲打桌子
- 無法站直或坐直，不住扭動
- 瞇起眼睛，極度專心
- 打斷或提高音量蓋過別人說話
- 別人說話時緊閉嘴唇
- 被惱人的小動作惹煩（例如大聲呼吸、按原子筆）
- 皺眉頭
- 聲調尖銳
- 按摩太陽穴，彷彿很疲累
- 捏鼻樑，緊閉雙眼
- 注意焦點快速跳向聲響或騷動來源
- 看著門
- 低聲抱怨：「他在哪裡？」或「怎麼這麼久！」
- 拿著一盤食物卻不吃
- 咬牙切齒
- 哀號、咕噥或噘嘴（小孩子）
- 大聲吐氣
- 四處移動（坐著又站起來，選擇不同椅子）
- 把玩東西（翻轉杯子，掰開迴紋針）
- 喃喃自語，搖頭
- 頭傾向天花板，發出沉重的嘆息
- 重複翹腳又放下
- 臉、肩膀和脖子緊繃
- 用身體頂、推或擋（插隊的人）
- 不斷用手梳過頭髮

- 藏不住的怒氣或些微諷刺

內部感受

- 呼吸越來越沉重、大聲
- 體溫上升
- 感到疲累，或緊繃到極限
- 頭痛

心理反應

- 心中斥責浪費時間的人
- 希望時間過快一點
- 思考如何做事能更快或更有效率
- 注意力分散至其他事情
- 暗中控制自己，以免暴走

極度或長期不耐煩的徵狀

- 一手用力拍桌
- 吼出命令，大叫
- 打斷別人的話
- 搶過別人的計畫或任務
- 叫發言者快點講到重點
- 重新引導焦點，加快進行速度
- 設定時限
- 做出要求
- 只得動手（推、擠）

掩飾不耐煩的徵狀

- 笑容僵住
- 出去散步
- 利用時間辦雜事或完成工作
- 努力耐心等待，試圖讓自己分心
- 翻找錢包或口袋，好分散注意
- 重複檢查手機訊息
- 為外表斤斤計較（撥掉棉絮，檢查指甲）

進一步可能引發的情緒

激怒（參見第 288 頁）、生氣（參見第 66 頁）、挫折（參見第 164 頁）、鄙視（參見第 264 頁）

寫作小撇步

千萬別讓讀者注意到作者的存在。過度使用明喻、暗喻、形容詞彙以及重複的肢體語言，都會使得讀者跳脫故事的世界。

不安

[insecurity]

【定義】

不確定自己的決定，或顯得缺乏自信

身體外部反應

- 撫平衣服
- 自嘲地笑
- 撇開視線，聳聳肩
- 雙手藏在口袋裡
- 扭動身子
- 檢查有無口臭
- 清喉嚨
- 明顯的臉紅
- 舔或咬下唇
- 拍或梳自己的頭髮（安撫動作）
- 遮蓋自己（拉緊外套，抓住手肘）
- 緊抱膝蓋和大腿
- 尷尬地模仿他人舉止

- 選擇寬鬆的衣服，而非緊身暴露的服裝
- 尋求他人的保證
- 無法誠心接受讚美，貶低自己
- 走路時看地上
- 待在團體邊緣，在人多的房裡尋找角落
- 雙手抓著手肘
- 扭動手腕
- 不笑，或笑容很快便消失
- 肌肉明顯緊繃
- 摩擦前臂（雙手抱胸前，手掌來回摩擦著前臂）
- 需要建議或指示，才知道怎麼說或做
- 笑得太大聲，或笑的時機不對
- 將東西緊抱在胸口（書、資料夾、錢包）

- 拍拍腿以免緊張
- 用頭髮遮住臉
- 咬指甲，或挑著衣服上的線頭
- 保持距離
- 說話時舉起一手靠近臉旁
- 難以開口或提供意見
- 摩擦著嘴唇
- 妝化得太濃
- 飛快說話
- 不舒服時流汗量增加

內部感受

- 遭逢挑戰時心跳加速
- 胃部翻攪
- 無法控制身體發熱
- 喉嚨乾渴不舒服

心理反應

- 難以做決定
- 對問題想太多，對選項考慮太久
- 過度在意自己的缺點和短處
- 警告他人，看他們怎麼反應、如何處理
- 為了避免衝突而同意
- 關注他人的才華和長處
- 和他人比較，並發現自己有所不足

極度或長期不安的徵狀

- 抓著安撫用的物品（特別的珠寶、照片）
- 脊椎彎曲駝著背
- 受到注意或被別人搭話時臉紅
- 避開社交場合
- 與人互動時顯得怯弱
- 陷入困境時驚慌失措
- 傾向獨自做事
- 穿素色衣服，更容易隱形
- 交不到朋友
- 選擇房間後方或遠離他人的位子
- 捨棄與現實生活裡的他人往來，反而在網路上尋求互動

掩飾不安的徵狀

- 甩頭髮
- 挺胸
- 抬頭挺胸，撐起肩膀
- 逼自己維持眼神交會
- 閃躲問題或他人的關心
- 急著決定，好證明行事果決
- 模仿自信的人
- 冒險
- 撒謊
- 插入他人對話

進一步可能引發的情緒

小心謹慎（參見第34頁）、心神不安（參見第58頁）、擔心（參見第296頁）、偏執（參見第184頁）、窘迫（參見第220頁）

寫作小撇步

場景不會憑空出現。別忘了用背景設定、角色思緒或口頭對話等當成指引或暗示，間接呈現時光流逝。

不情願

[reluctance]

【定義】

不願意；厭惡

身體外部反應

- 動作拖延（花時間思考，轉身）
- 明顯重重吞口水
- 舔濕嘴唇
- 手臂、肩膀或臉緊繃
- 腳步遲疑
- 頭往後縮，肩膀往前挺
- 回應緩慢（接過東西、提供協助時動作緩慢）
- 雙唇緊閉
- 不安地四處張望
- 雙手顫抖，緊張地扭動
- 手幾乎握拳，又伸直手指
- 皺起臉或表情痛苦
- 眉毛緊蹙

- 結巴，口吃
- 找藉口
- 撒謊
- 小心伸手或觸摸
- 舉起手，趕走人或物
- 建議找別人幫忙或行動
- 搖頭
- 用手拍著嘴唇或脖子
- 緊張的習慣動作（手梳過頭髮，來回踱步，重複動作）
- 笑容稍縱即逝
- 瞥向手錶
- 容易受驚
- 向出口移動

- 拉長與提出要求者之間的距離
- 咬嘴唇或指甲
- 捏鼻樑，然後緊閉眼睛
- 轉換話題或轉移注意
- 封閉式的肢體語言（舉起手，雙手抱胸）
- 傾身或轉身遠離提出要求的人
- 請求多點時間做決定
- 表達懷疑
- 問問題，以釐清疑點
- 避開提出要求者的視線
- 不想繼續談下去
- 一概用「可能」回應
- 喃喃說著否定詞，像是：「不」或「我

不想」

內部感受

- 深吸一口氣才行動
- 胸口緊縮
- 肌肉稍微繃緊
- 胃部沉重

心理反應

- 渴望遠離提出要求的人
- 無法決定
- 心明顯跑到別處去了
- 內疚
- 想辦法擺脫對方的要求

- 只能專注於該做的決定
- 需要合理解釋自己為何不情願

極度或長期不情願的徵狀

- 憤慨
- 胃部緊繃或翻攪
- 避開使人不情願的源頭
- 關係緊張

掩飾不情願的徵狀

- 先同意，但不守信
- 暗示自己很忙或壓力太大
- 越來越厭惡造成現況的人
- 消極攻擊的回應

- 四兩撥千金，假裝對方要求荒謬
- 開玩笑以轉移話題
- 向第三方透露心聲，希望對方把消息傳出去

進一步可能引發的情緒

起疑（參見第160頁）、防備（參見第112頁）、生氣（參見第66頁）、恐懼（參見第156頁）、厭惡（參見第248頁）、憤慨（參見第276頁）、懼怕（參見第320頁）

寫作小撇步

避免讓你筆下的角色人物炫耀他使用的名牌商品，因為名牌的流行來來去去，用不好的話還可能害作品顯得過時。不如用其他方式來呈現角色的個性、優點或缺點。

不確定

[uncertainty]

【定義】

不知如何是好的樣子；無法投身於某樣活動

身體外部反應

- 咬嘴唇或臉頰內側
- 皺眉
- 瞄向別人，看他們怎麼想
- 眼光往下看
- 尋求他人的建議或看法
- 手亂動（扭在一起，沿著褲管前方往下滑）
- 表情顯得喪氣
- 皺起前額
- 瞇眼，眼光下垂
- 捏或扯動下嘴唇
- 左右擺頭，評估可採用的選項
- 摩擦下巴或後頸
- 撥開臉上的頭髮

- 不耐煩地呼氣
- 拖動腳步
- 動作到一半（伸手拿東西或掏錢包）卻遲疑
- 用「嗯，這個嘛……」開始一句話
- 身體稍微往後
- 皺起臉，微微搖頭
- 問問題，來取得更多資訊
- 發出「嗯」的聲音，或清喉嚨
- 吞口水
- 喀喀掰動指節，或其他「拖延」的動作
- 在紙上亂塗
- 站著搖擺或晃動
- 摩擦嘴唇或下巴
- 嘆氣
- 轉動脖子
- 拿鉛筆敲記事板或桌子
- 記筆記，以便拖延自己的回答
- 肩膀下垂，姿勢攤軟
- 眼神放空好一段時間
- 大聲說出各個選項
- 尋求他人的確認

內部感受

- 呼吸卡在胸口
- 胃部揪緊
- 越來越渴

心理反應

- 感覺被困住
- 無法決定
- 對自己的選項或選擇感到不安
- 腦中閃過各種可能
- 避開讓人猶疑的對象或問題
- 迫切需要找到答案
- 因為不甚完美的狀況而感到狼狽
- 做了決定，接著又懷疑自己
- 自我封閉，拒絕做決定

極度或長期不確定的徵狀

- 自我懷疑
- 不確定的心態影響到其他決策和狀況
- 生氣又挫折
- 不假思索就拒絕思考當前狀況
- 無法自己做任何決定
- 搜尋（上網，與專家討論）找答案
- 散步或遠離當前狀況，希望腦袋能清楚一點
- 不斷延後或更改約定時間
- 隨著時間過去，狀況沒有解決，便越來越絕望

掩飾不確定的徵狀

- 延遲回覆
- 回答「可能」或「再看看」，不做承諾
- 轉換話題，避免傷害感情或爭論起來

- 轉移注意，不願明確表示自己贊同
- 遲疑地點頭
- 為了爭取時間而拖延（倒一杯水喝）
- 拒絕回答，把沉默當作答案
- 張嘴要反駁，又停下來
- 提出不算承諾的方案：「我們先把這件事放一邊，好嗎？」
- 提議多數決
- 勉強同意，或不熱心支持
- 為了拖延，要求更多思考時間
- 消極攻擊

進一步可能引發的情緒

困惑（參見第 108 頁）、否認（參見第 116 頁）、挫折（參見第 164 頁）、心神不安（參見第 58 頁）

寫作小撇步

隨著故事進展，寫作者要能夠整體關注筆下角色人物的情緒強度。一部強而有力的作品應該讓主述者角色經歷一個合理可信的成長過程，且讓讀者接觸該角色在成長過程中所體驗到的各種互相衝突的情緒。

心神不安

[unease]

【定義】

身心靈無法平靜

身體外部反應

- 搖頭
- 雙臂或雙腿交叉又鬆開
- 在椅子上挪動
- 擰著或拉扯衣服
- 手滑進口袋裡
- 側眼看，頭保持不動
- 發出「嘖嘖」聲，或喉嚨發出聲響
- 傾身遠離讓人不安的原因
- 往後退，把身體縮小
- 停下來專心聽
- 快速瞥向原因（人、時鐘、門），又轉開頭
- 咬指甲，摳皮膚表皮
- 嘴巴抿成一直線，咬嘴唇

- 過度吞嚥口水
- 聲音顫抖
- 緊緊把衣服塞好，扣上敞開的外套
- 甩頭髮，或手指梳過頭髮
- 用瀏海遮住臉
- 異常安靜
- 清喉嚨
- 皺眉頭
- 將食物在盤子上推來推去
- 狼吞虎嚥，好趕快逃開
- 試著不被發現（癱坐在椅子上，退出對話）
- 不情願地緩緩轉身
- 緊抓一樣東西，或把東西當成盾牌

- 不情願地開口或靠近他人
- 對話斷斷續續、不自然
- 拍動腳跟
- 查看手機訊息或看時間
- 把玩項鍊戒指或物品
- 腳晃來晃去，突然停下來
- 蹲坐在椅子或沙發上
- 選擇在安全地點等待
- 翻閱雜誌，但並沒有讀
- 抬起下巴，試圖顯得自信
- 刻意讓四肢放鬆
- 舔嘴唇
- 雙手握拳，又放鬆
- 姿勢僵硬

- 緊張時的小動作（摳指甲油，低聲哼歌）
- 手掌發熱冒汗
- 動個不停（抹唇膏，傳簡訊，翻錢包）

內部感受

- 稍微發冷或打哆嗦
- 後頸寒毛直豎
- 頭皮發麻
- 胃部顫抖

心理反應

- 覺得被人監看
- 否認說：「沒問題」或「你太小題大作了」

- 情緒高漲，覺得焦慮緊張
- 不耐煩
- 感覺時間變慢
- 警戒心提高

極度或長期心神不安的徵狀

- 越來越躁動，無法靜下來
- 來回踱步
- 總覺得有事情出差錯了
- 需要離開，但不知道為什麼
- 重心從一腳換到另一腳
- 感覺身體不舒服
- 假裝沒注意到不安的情勢或旁人大聲爭執

掩飾心神不安的徵狀

- 試圖減緩呼吸
- 轉動肩膀，試著放鬆
- 努力平復心情，眼神放空
- 離開，好冷靜下來
- 瞪大眼睛
- 短暫露出假笑
- 故意不看令人不安的原因
- 保持距離
- 講話太快

進一步可能引發的情緒

緊張（參見第256頁）、擔心（參見第296頁）、恐懼（參見第156頁）

寫作小撇步

若希望讀者對（角色人物的）情緒產生強烈的反應，記得要把描述的重點放在激起情緒的原因之上，而非單純描述角色的反應而已。

內疚

[guilt]

【定義】

感覺需要對（真實或想像中的）過錯受責難

身體外部反應

- 避開或低垂視線
- 轉身
- 坐立難安
- 低頭使下巴接近胸口，身體呈現癱軟的姿勢
- 臉紅
- 回應帶刺
- 易怒
- 吃胃藥
- 不斷吞口水
- 撒謊
- 流汗
- 揪起臉
- 咬嘴唇

- 避開某人或某地
- 話太多或說太快
- 保持距離
- 摩擦鼻子或耳朵
- 聳起肩膀，手肘緊靠身體兩側
- 闔起手，或將手往內彎
- 結巴，越來越狼狽
- 開玩笑想讓氣氛輕鬆，或使他人分心忽略事實
- 撫摸自己的頭髮、脖子或衣服，以尋求安慰
- 手臂緊靠肚子
- 變得異常安靜或動也不動
- 下巴顫抖

- 泫然欲泣、自言自語
- 動作焦躁（一手刷過頭髮，來回踱步）
- 聲音破碎
- 拉扯衣領
- 痛苦地深吸一口氣，閉上眼睛
- 低頭盯著腳
- 藏起手掌（塞進口袋、放在背後）
- 瞥向自己傷害的人
- 跟著自己傷害的人，說服自己去自白
- 自殘當做贖罪
- 摧毀自己的所有物
- 無法參與有趣的活動，或與朋友出遊
- 臉色蒼白，看似苦惱或慌恐
- 不去上班或上學，成績下滑

內部感受

- 胃很不說服
- 胸口緊繃
- 喉嚨深處疼痛
- 沒有食慾
- 喉嚨緊縮

心理反應

- 重複回顧發生的事
- 腦中充滿厭惡自我的想法
- 希望回到過去，改變發生的事
- 想要坦白，或與他人分享痛苦與負擔
- 陷入沉思，封閉內心，遠離他人
- 偏執地認為別人知情，並在批評自己
- 焦慮；無法專注於其他的事情

極度或長期內疚的徵狀

- 不在乎自己的外表或健康
- 酗酒直至昏過去（好忘記一切）
- 失眠
- 憂鬱
- 疲憊
- 做惡夢
- 哭泣，啜泣，呼吸哽咽
- 逃走反應：跑走，無法面對後果
- 逐漸離群索居，切斷與他人的聯繫
- 自殘
- 厭惡自我

- 嘗試自殺尋求解脫

掩飾內疚的徵狀

- 過份展現樂於助人、很有辦法的樣子，以彌補過去的錯誤
- 坐立不安
- 一隻手遮著嘴巴
- 改變話題
- 轉移注意
- 清喉嚨
- 口頭否認與該事件有關

進一步可能引發的情緒

矛盾（參見第 70 頁）、後悔（參見第 148 頁）、羞愧（參見第 188 頁）、懊悔（參見第 292 頁）

寫作小撇步

可以保持一個「角色筆記」，用來記錄這部作品中每個角色的頭髮、眼睛和穿衣選擇，以便確保從第一頁到最後一頁都描述一致。

生氣

[anger]

【定義】

通常因為見到不對之事，
而激起強烈的不滿或憤怒

身體外部反應

- 鼻孔撐大
- 流汗
- 手插在腰上，挺胸
- 做出手臂揮動的動作
- 粗魯對待人或事
- 抬高下巴
- 呼吸沈重（很大聲）
- 雙腿大張站著
- 咧嘴露出牙齒
- 重複激烈的動作（例如揮拳頭）
- 打斷別人說話
- 頭部突然抖動
- 雙眼凸出

- 伸展手指或手臂肌肉
- 扳指節
- 捲起袖子或鬆開領口
- 眼神冷冽嚴厲
- 侵入他人的個人空間，以威嚇對方
- 嘲諷、奚落、耍嘴皮
- 眼神或表情緊繃
- 怒目而視
- 臉逐漸泛紅
- 抿起或翹起嘴唇
- 排拒性的肢體動作（雙臂抱胸）
- 指甲戳進自己的手掌
- 用拳頭捶打大腿、桌子、牆壁等
- 摔上門、櫥櫃或抽屜
- 捶、踢、丟東西
- 跺腳或頓足
- 血管搏動、抽動或充血
- 笑聲尖銳
- 聲音顫抖或音量提高，大喊大叫
- 壓低音調
- 諷刺、污辱他人
- 挑起爭端（口頭或動手）
- 對人大吼

內部感受

- 磨牙
- 肌肉顫抖
- 脈搏加快，心臟劇烈跳動

- 身體緊繃
- 全身湧起熱潮
- 流汗

心理反應

- 易怒
- 聽不進別人的話
- 妄下結論
- 對小事產生不合理的反應
- 要求馬上行動
- 急性子
- 採取不當的行為或冒險
- 幻想暴力

極度或長期生氣的徵狀

- 小事情就暴怒
- 潰瘍
- 過度緊繃
- 皮膚問題，例如濕疹和痘痘
- 破壞自己的東西以發洩情緒
- 手術、意外或其他創傷後要很久才復原
- 自殘
- 開車時暴走
- 將怒氣發在無辜的旁人身上

掩飾生氣的徵狀

- 語調刻意控制
- 緩慢穩定呼吸
- 假笑
- 消極反擊回應
- 避免視線接觸
- 傾斜身體，遠離怒火源頭
- 退出對話
- 藏起握緊的手和抖動的雙腳，不讓人看到
- 稍微離開一下
- 頭痛
- 肌肉和下巴痠痛

進一步可能引發的情緒

暴怒（參見第272頁）

寫作小撇步

特別注意激起情緒反應前的一連串事件。假如劇情編排太矯揉造作，角色的反應也會顯得很不自然。

矛盾
[conflicted]

【定義】
感到相斥的情緒

身體外部反應

- 雙唇緊閉，臉部稍微扭曲
- 吞口水或眨眼頻率增加
- 猶豫的笑容
- 視線來回游移，避免與人直接對上眼
- 開始又停下動作（伸手又止住，走到半途改變方向）
- 說話斷斷續續，打斷自己（話題跳躍）
- 嘴巴開閉
- 難以決定該怎麼說
- 雖然表示支持，但語調缺乏熱情
- 越來越安靜，不活潑
- 搔抓脖子或臉頰
- 摩擦或拉扯一隻耳朵
- 問問題，好進一步瞭解內情

- 與他人談論類似的經驗或情況
- 收集意見，看他人怎麼做
- 微微搖頭
- 需要坐下來思考
- 摩擦或捏下唇
- 表情若有所思
- 喉頭發出「嗯～」的聲音
- 有規律地左右歪頭
- 深吸一口氣，再慢慢吐氣
- 為自己不積極的反應道歉，並表示內心感受複雜
- 要求一點時間消化訊息
- 用食指敲打嘴唇
- 眉頭深鎖

- 往下看
- 閉上眼睛，摩擦額頭中心
- 用「我好難決定」表示內心衝突
- 以「不好意思，我沒料到你會這麼說」表示驚訝
- 彎曲膝蓋再伸直
- 躁動不安，來回踱步
- 用手梳過頭髮
- 撫平衣服或摸東西，不讓手閒下來
- 互斥的動作（邊搖頭邊笑，點頭又皺起臉）
- 一手撐著手肘，另一手握拳抵著嘴巴
- 鼓起雙頰，然後吞下那口氣或吐氣
- 扭扭鼻子

- 伸出雙手，有如在空中「秤重」
- 用手撫過衣服前方（心臟上方）
- 裝出有興致，因為「這麼做才對」
- 反應薄弱或遲緩

內部感受

- 頭痛
- 身體沉重
- 胸口緊繃
- 胃感覺下沉
- 失去食慾

心理反應

- 評估利弊得失
- 研究或搜尋資訊
- 對最終決定傷害到的人感到內疚
- 想像「如果這麼做的話？」以瞭解當前狀況的後續影響
- 需要說出內心衝突
- 渴望躲到安靜的地方思考
- 除了內心衝突，無法專注於任何事
- 靠道德信念來決定

長時間感到矛盾的徵狀

- 外表凌亂（頭髮亂翹，衣服起皺）
- 迫切蒐集資訊，尋找「關鍵」解決方案
- 肚子不舒服，飲食不正常，體重下滑
- 壓力造成頭痛

- 難以入睡
- 失去自信
- 避免做任何決定
- 掉髮

掩飾矛盾的徵狀

- 表示自己不適合做決定
- 找藉口避免當前的狀況
- 建議休息一下，重新來過
- 開玩笑緩解緊張情勢，或讓氣氛輕鬆點
- 別人說話時心不在焉地點頭

進一步可能引發的情緒

困惑（參見第108頁）、難以承受（參見第316頁）、挫折（參見第164頁）、焦慮（參見第216頁）

寫作小撇步

有時因為場景的關係，作家必須把角色的情緒直接告訴讀者，此時角色還是應該繼續他的動作，繼續表現出反應和情緒，讓故事節奏持續向前。

失望

[disappointment]

【定義】

沮喪或不滿意的樣子；感覺被辜負

身體外部反應

- 低頭
- 緊閉雙唇
- 肩膀垂下或癱軟
- 駝著背
- 抬頭看，舉手擺出「為什麼是我？」的動作
- 癱坐在椅子或長椅上
- 稍微搖晃
- 沉重嘆氣
- 用雙手摀住臉
- 撇開視線
- 脖子往前彎
- 緩緩搖頭
- 下巴往下傾，皺起眉頭

5~6劃

- 喉頭發出聲響
- 用力呑口水
- 癱靠在門或牆邊，伸手穩住身體
- 低下頭，閉著眼
- 走到一半踉蹌跌倒
- 臉部鬆垮，稍微發白
- 嘴巴大張
- 手壓住太陽穴
- 手插進頭髮中用力拉
- 皺眉
- 撲克臉
- 雙眼濕潤，顯示專注於內心
- 皺起臉，露出痛苦的表情
- 困惑或震驚地四處張望

- 試圖躲藏（蓋住頭，縮起下巴）
- 手動個不停
- 雙手揮動，好像忘了該做什麼
- 拖著雙腳，踢地面
- 聲音變小或完全無聲
- 悄聲說「不」，或低聲咒罵
- 咬或啃嘴唇
- 緊抓自己（抓住手肘，搓揉手臂）
- 一手按住腹部
- 趁人不注意的時候溜走（逃走反應）

內部感受

- 心臟感覺緊縮
- 胃部絞痛
- 突然反胃
- 胸口緊繃
- 呼吸哽住
- 身體沉重

心理反應

- 負面思考
- 感到畏懼或無望
- 覺得自己注定失敗
- 想要獨處
- 感到一文不值

極度或長期失望的徵狀

- 苛責自己
- 消沉（過量飲酒，聽憂鬱的音樂）
- 執迷於事情為何如此發展
- 無法放下

掩飾失望的徵狀

- 稍微抿嘴
- 肩膀垮下，接著又挺起來
- 虛假的歡呼，微弱的笑容
- 安慰他人
- 提出備援計劃，或列出更多選項
- 向他人保證
- 雙手在大腿上交握

- 恭喜贏家

進一步可能引發的情緒

憂鬱（參見第268頁）、挫敗（參見第152頁）、憤慨（參見第276頁）、生氣（參見第66頁）

寫作小撇步

角色人物在強烈的情緒之下，通常未經思考，便會透過對話或動作反應出自己的情緒。這種莽撞的行為恰好可以帶來完美風暴，增加張力和衝突。

平靜

[peacefulness]

【定義】

沒有衝突、焦慮或騷動的穩定狀態

身體外部反應

- 姿勢放鬆
- 微笑，咧嘴笑
- 十指在大腿上鬆鬆交握
- 閉上眼睛，頭往後仰
- 表情溫柔，顯示情緒穩定
- 向他人點頭示意
- 往後靠，一手橫掛在椅背上
- 滿意地深呼吸
- 把手肘擱在朋友的肩膀上
- 自然地笑
- 吹口哨或哼歌
- 眼睛發亮，神色輕鬆
- 享受活動（電影，公園裡的演奏會，野餐）

5~6劃

- 躺在草地上曬太陽
- 像貓一樣伸懶腰
- 聲音溫暖，語調充滿關懷
- 眼睛半閉，露出滿足的慵懶表情
- 手指交叉擺在頭後方
- 雙腳大開站著，舉止大方
- 動作緩慢
- 脖子前後轉動
- 站立時拇指插在褲子前口袋
- 步伐輕鬆，不疾不徐
- 視線徘迴，隨意注意周遭事物
- 滿意地嘆氣
- 說話平和
- 甘心花更多時間完成任務
- 對他人的福祉更感興趣
- 專心和別人交談

內部感受

- 呼吸緩慢輕鬆
- 肌肉放鬆
- 四肢鬆軟
- 有點想睡
- 沒有緊張感和壓力，幾乎什麼都感覺不到
- 脈搏和心跳穩定平靜

心理反應

- 與他人相處時，不會出現尷尬的沈默
- 對於外界的整體現況感到滿意
- 覺得自己與生命有連結
- 不想身在其他地方
- 喜歡聽他人說話
- 享受當下，不在乎過去或未來
- 避開會破壞氣氛的對話主題
- 連平凡的日常工作都覺得有趣
- 渴望每個人都能體驗如此平靜的感受

極度或長期感到平靜的徵狀

- 減少對世俗事物的需求
- 選擇花時間與樂觀或興趣相投的人相處
- 對神學或宗教理論越感興趣
- 渴望維持正向的現狀
- 改變生活習慣，搭配新信念（資源回收，搬到鄉下）
- 對貪婪的企業和資本主義感到不耐
- 渴望更自然的生活
- 逐漸意識到自己的身體和攝取的食物
- 沒投入令自己覺得滿意的新嗜好和興趣

掩飾平靜的徵狀

- 宣稱自己的安靜只是因為覺得有點累了
- 強迫自己保持稍微僵硬的姿勢
- 假裝因為無聊而結束對話

5~6
劃

進一步可能引發的情緒

快樂（參見第128頁）、滿意（參見第260頁）

寫作小撇步

使用動詞的時候要小心選擇。用不同的詞彙來描述動作，會產生不同的意思。在讀者眼中，角色拖著步伐上樓梯，跟角色兩階併做一階蹦蹦跳跳上樓梯，展現的情緒並不同。

仰慕

[adoration]

【定義】

崇拜，認定對方非凡。（仰慕對象可為人或物）

身體外部反應

- 雙唇分開
- 表情放鬆或柔和
- 快步走，縮短和對方的距離
- 模仿（對方的）肢體語言
- 觸摸自己的嘴巴或臉
- 伸手去撫摸、接觸或抓
- 穩定的視線交會，瞳孔放大
- 向前傾
- 撫摸自己的脖子或手臂（以此替代仰慕的人或物）
- 將身體和雙腳朝向對方
- 面紅耳赤
- 對方說話時點頭
- 微笑

- 接受的姿勢
- 發出欣賞的嘆息
- 單手覆蓋在心頭上
- 頻繁滋潤雙唇
- 雙掌輕壓臉頰
- 指尖掠過下巴
- 雙眼清澈發亮
- 同意（喃喃肯定）
- 口出讚美和稱讚
- 留著對方擁有的小物品、照片或文章
- 不時和他人提到對方
- 全神貫注，姿勢靜止
- 忽略周圍環境或他人
- 容光煥發
- 明顯發抖
- 眨眼頻率降低
- 閉上眼睛享受這一刻
- 用輕柔的聲音或語調說話
- 因為激動而聲音破碎

內部感受

- 心跳加速
- 喘不過氣
- 喉嚨感到脈搏跳動
- 口乾舌燥
- 喉頭縮緊
- 體溫上升
- 神經末端發麻

心理反應

- 渴望靠近或接觸
- 將思緒放在對方身上
- 聽覺和觀察敏銳
- 忽略使人分神的事物
- 無法看到對方的缺點或過錯

極度或長期仰慕的徵狀

- 沉迷
- 幻想
- 相信對方與自己的感受相同
- 感到（雙方該在一起的）命運註定
- 跟蹤
- 寫信，寄信、電子郵件和禮物
- 為了接近對方或與對方在一起，不惜冒險或犯法
- 體重下降
- 睡眠狀況差
- 忌妒和對方互動的人
- 學習對方的特性或舉止
- 攜帶代表對方的東西（照片、衣服）
- 佔有慾

掩飾仰慕的徵狀

- 為了掩飾冒汗或發抖，而握緊或藏起雙手
- 避免談到對方
- 從遠方看或觀察

- 不靠近對方附近
- 臉紅
- 偷瞄對方
- 創造巧遇的機會
- 寫匿名信，寫日記
- 否認自己對對方的感受

進一步可能引發的情緒

愛戀（參見第240頁）、欲求（參見第172頁）、挫折（參見第164頁）、傷痛（參見第236頁）

寫作小撇步

肢體動作應該帶出強烈的心理意象。假如角色的動作過於冗長或複雜，讀者可能錯失這些動作背後的情緒意涵。

有趣

[amusement]

【定義】

激起幽默感；感到有趣或開心

身體外部反應

- 臉龐發亮或泛紅
- 挑起或抽動眉毛
- 哼笑
- 吃吃笑，咯咯笑
- 咧嘴大笑
- 與他人交換心知肚明的眼神
- 詼諧的評論
- 開玩笑般說出自己的觀察
- 轉身忍不住大笑
- 嬉鬧似的捏、擠或推人
- 瞇起眼睛，雙眼閃耀惡作劇的光芒
- 得意地笑，或露出被逗樂的笑容
- 抓住另一個人以支撐身體

- 喘氣
- 用力拍自己的膝蓋或大腿
- 雙腳猛踏地面
- 倒在別人身上，肩膀碰肩膀
- 行為像「喝醉」（橫著走路、步伐踉蹌）
- 重複笑話的梗或特定的字，好激起更多笑聲
- 聲音拉高變尖銳
- 笑到扶住腰側
- 愉快地嗚咽
- 吃喝時突然大笑，導致噴出食物或飲料
- 倒到地上打滾
- 流鼻水，擤鼻涕
- 撞上東西，笨手笨腳但不在乎

- 瞪大眼睛，害其他人再次笑個不停
- 捧腹大笑
- 抓住椅子或牆壁支撐身體
- 咯咯笑，扮鬼臉，眨眼
- 抖動衣服好降溫

內部感受

- 肋骨或肚子發疼
- 氣喘吁吁
- 體溫突然升高
- 四肢發軟，尤其是膝蓋

心理反應

- 需要坐下
- 心中不斷重現這起好笑的事件
- 在腦中誇大事件，增加樂趣
- 想與他人分享，一同覺得好笑有趣

極度或長期感到有趣的徵狀

- 笑得無法控制
- 笑到發不出聲音
- 身體發顫
- 強調般搖頭
- 無法控制身體（肌肉虛弱，難以站直）
- 哀求旁人停下來
- 無法講出完整的字詞
- 喘不過氣
- 眼眶泛淚
- 外貌凌亂冒汗
- 控制不住膀胱
- 需要離開房間

掩飾有趣的徵狀

- 緊閉雙唇
- 舉起一隻手，彷彿要說：「夠了！」
- 搖頭
- 吞下笑聲
- 擦嘴巴
- 蓋住嘴巴，咬著嘴唇，以免笑出來
- 臉龐逐漸變紅

- 轉身好冷靜下來
- 將笑聲轉為哼氣聲
- 拳頭抵住嘴唇

進一步可能引發的情緒

快樂（參見第128頁）、滿意（參見第260頁）

寫作小撇步

為了使讀者對角色有共鳴（包括反派），請花時間為角色的行為增添人性。就連最惹人厭的角色人物都有值得救贖的特質，請用簡短含蓄的方式展現給讀者看。

自信

[confidence]

【定義】

對自己的影響力和能力有信心

身體外部反應

- 姿勢堅定（肩膀往後，挺胸，抬高下巴）
- 大步走路
- 注重整潔和個人儀容
- 雙手在背後稍微交握
- 指尖相觸（輕拍，擺成尖塔狀）
- 眼神閃耀，暗藏亮光
- 微笑，嬉戲般咧嘴笑
- 眨眼，或很輕鬆地向人點頭
- 手不會老放在口袋裡頭
- 看似放鬆（手指敲打大腿，哼歌）
- 佔據空間（雙腿大張，雙臂垂在兩側）
- 不怕接觸他人
- 直接看著他人眼睛

- 邊走邊擺動手臂
- 選擇中間而非旁邊的空間（不管是坐在沙發上或在房間內）
- 用誇張的動作吸引注意
- 笑聲宏亮
- 頭往後仰
- 朗聲說話
- 機智的回應
- 稍微聳肩或咧嘴笑，顯示自己知道秘密
- 無傷大雅地戲弄人
- 打情罵俏
- 用力握手
- 往後靠著椅子，雙手墊在頭後方
- 態度隨和

- 伸展肢體
- 靠近他人時也很自在
- 主動接觸人
- 講笑話，加入或引領對話
- 舉辦活動（找三五好友一同打球）
- 與他人互動時開誠布公
- 看似不在意別人的想法
- 向前傾說話，或聽別人說
- 增加肢體接觸，變得感性
- 手梳過頭髮，或將頭髮往後撥
- 擺出展現自己最佳優點的姿勢
- 領導而非跟從

內部感受

- 肌肉放鬆
- 呼吸輕鬆
- 胸口輕盈

心理反應

- 平靜輕鬆的感覺
- 未來展望正向
- 對任何事都感興趣

極度或長期感覺自信的徵狀

- 做或說超過平常範圍的事，卻不會覺得焦慮或擔心
- 不斷提起自己的成就或擁有的財物
- 自己的名聲若遭到攻擊，則感到生氣或忌妒
- 吹噓，自誇

掩飾自信的徵狀

- 謙稱不敢接受他人的讚美
- 謙虛
- 轉換話題，把焦點轉到別人身上
- 順勢表現得沒那麼自在，讓別人感覺好一些
- 尋求意見或建議

進一步可能引發的情緒

滿意（參見第260頁）、自滿（參見第98頁）、藐視（參見第300頁）

寫作小撇步

在別人面前，我們習慣壓抑或隱藏真正的情緒。同理，書寫主角的內心衝突時，切記透過動作表達角色人物想讓他人看到的情緒，但同時也要向讀者呈現他真實的感受。

好奇

[curiosity]

【定義】

好問；渴求知識

5~6
劃

身體外部反應

- 頭歪向一邊
- 挑起眉毛
- 姿勢輕快
- 逐漸露出笑容
- 把直述句重複成問句
- 向前傾，把椅子往前拉
- 暫停下來確認
- 眉頭皺起又鬆開
- 眨眼
- 聚精會神看
- 從閒聊轉為明確的問題
- 聲音或語調輕柔，可能略帶驚奇
- 雙臂抱胸，一面觀察

- 打聽或窺探
- 扭動鼻子
- 提出假設性的問題
- 流連撫摸
- 因為專注而停下來（突然剎車，叉子送往嘴巴途中停住）
- 豎直耳朵想聽，噓聲要別人安靜
- 偷聽
- 用手撐住另一手手肘，另一隻手抵著嘴唇
- 推高眼鏡
- 彎腰、跪下或蹲下，好靠近一些
- 身體靠近好奇的對象
- 緩步慢行，躡手躡腳，或緩緩靠近
- 感官探索（例如為了想知道而嗅聞新的東西）
- 口頭表達興趣：「喔，你看那個！」或「不覺得很了不起嗎？」
- 問問題（誰、什麼、何時、何地和為什麼）
- 拉別人的袖子，要他們加入或跟上
- 靜止著，以協助觀察
- 雙唇稍微張開
- 緩緩點頭
- 戳或刺著什麼東西

內部感受

- 呼吸哽住或短暫停止
- 脈搏加快

心理反應

- 需要知道、觸摸或瞭解
- 忘了本來要說或做什麼
- 非得繞路前往新方向
- 暫時忘卻煩惱、壓力或動作
- 渴望探究或實驗
- 逐漸察覺到感官接受到的訊息
- 想像或在意某件事或某樣東西如何運作，或為何在這兒

極度或長期好奇的徵狀

- 動來動去或抽筋
- 對感興趣的對象高度敏感
- 想法偏執
- 問題尖銳，甚至無禮
- 窺探或偷偷摸摸，以滿足求知的慾望

掩飾好奇的徵狀

- 視線保持低垂
- 雙手在大腿上交握
- 缺乏眼神接觸
- 找藉口接近好奇的對象，或在其附近徘迴
- 假裝忽略或沒有注意

- 側眼偷看
- 用頭髮遮住感興趣的眼神
- 裝做不感興趣、無聊

進一步可能引發的情緒

迫不及待（參見第 140 頁）、有趣（參見第 86 頁）、矛盾（參見第 70 頁）

寫作小撇步

氣味能觸發回憶。利用這項感官，在場景中加入嗅覺描寫，可以吸引讀者一同體驗故事發展。

自滿

[smugness]

【定義】

對自己極有信心又滿意

身體外部反應

- 下巴突出
- 雙臂抱在胸前
- 挺胸
- 刻意挑起眉毛
- 歪斜著頭
- 冷笑或嘲笑
- 眼神接觸直接，如探針一般
- 瞇起眼，露出冷冽的笑容
- 輕蔑地點頭或看人
- 翻白眼
- 挑釁似的捉弄人，意圖要對方有點自知之明
- 嘆息表示惱怒（哼氣）
- 輕蔑地揮手

5~6劃

- 挑釁般向前傾，彷彿要挑戰對方
- 踩著腳跟往後晃
- 在對方背後說惡毒的話
- 提高聲量，強調自己佔上風
- 諷刺著說：「隨便」或「最好是啦」或「你說的都對！」
- 表情散發優越感
- 姿勢完美，肩膀後挺，露出脖子
- 堅定地走路、漫步或大搖大擺走
- 聲音宏亮，炫耀，滿口大話
- 用劇烈的動作吸引注意
- 雙腿大張站著
- 批評、輕視
- 蓋過別人的話，控制對話方向

- 順著鼻樑往下看人
- 主導的態度（侵入他人的私人空間，別人坐著時站著）
- 不吝嗇稱讚偏好的對象（小孩、朋友、有權力的人）
- 笑聲自大
- 打扮（在意衣著，照鏡子檢查自己）
- 衣著浮誇或誇張
- 搖頭把頭髮往後甩
- 做出思考的動作（雙手在下巴交握，彷彿突然陷入沉思）
- 以過度輕鬆的態度往後靠著椅子
- 動作吸引注意（揮動雪茄，拿著一杯酒比劃）

- 刻意翹腳或握起雙手
- 把玩戒指、項鍊，好吸引注意
- 拍別人的背，顯得過度親密或友好
- 隨口說出認識名人的名字
- 說「早跟你說過了」，在別人傷口上撒鹽

內部感受

- 暖意散發至全身
- 感覺自傲

心理反應

- 堅信自己正確又優越
- 鄙棄自己認為不值得的人
- 過於自信
- 想藐視不值得的人，讚揚自己的成就
- 感激自己爬得比他人高
- 相信無法成功的人都自作自受

極度或長期自滿的徵狀

- 對於自己的外表和財產極為驕傲
- 審慎考量自己的朋友、購入物品和出席場合
- 提醒別人過去的錯誤，雪上加霜
- 選擇去想起自己成功的地點
- 以慷慨舉動展現權力（例如舉辦公益活動）
- 一副規則不適用、自己凌駕法律之上的

樣子

掩飾自滿的徵狀

- 特別提起協助達成目標的人
- 表示自己運氣好，但並不真心
- 自我宣傳似的建議：「跟著我做，你也會成功」

進一步可能引發的情緒

藐視（參見第 300 頁）、鄙視（參見第 264 頁）

寫作小撇步

描述角色感受時，若出現「感到」這個詞，通常表示你是在直接說明情緒，而非呈現情緒。請在自己的寫作裡找找看是否有「感到」這個詞，並挑戰自己換個說法。

同情
[sympathy]

【定義】
對於他人的情緒感同身受

身體外部反應

- 用詞和善，語調撫慰人心
- 告訴對方他不孤單，一切都會好轉
- 輕輕拍著對方的背
- 捏對方的肩膀或手
- 輕撫對方前臂
- 笑容哀傷
- 深深嘆息，露出沉思的表情
- 離別擁抱時的時間超過平常
- 因為瞭解而點頭
- 因為專心而瞇起眼，眉頭深鎖
- 與對方一同哭泣
- 提出正面的看法：「至少現在我們知道了」或「本來可能更糟」

5~6劃

- 擁抱，支持，讓對方靠著肩膀
- 梳過或撫順對方的頭髮
- 笨拙地試圖安慰（微弱的笑容，尷尬的擁抱）
- 努力尋找適合的說法
- 拍拍對方大腿安慰
- 往前傾，挪近一些
- 語調溫和，用對方想聽的字眼
- 以正向思考包裝問句，讓對方感覺好一些
- 坐下時膝蓋與對方相觸
- 主動帶來面紙或茶
- 手部動作笨拙
- 手臂環繞對方肩膀

- 替對方處理雜事（接電話）
- 道歉，但不是為了認錯，而是表達情況多麼不公平
- 提供親戚或名人的建議：「我叔叔常說……」
- 一面用鼓勵語調說話，一面打理對方外表
- 專心聆聽，忽略自己的不舒服（冷，下雨、熱）
- 犧牲自己以安慰對方（取消計畫，約會遲到）

特別單元：男性之間表示同情的身體外部反應

- 說「真糟糕」或「是啊，我知道」或「老兄，我懂」
- 輕打對方手臂，拍對方後背
- 輕觸對方肩膀
- 雙臂抱胸聆聽
- 手插口袋，尷尬地往前傾，問對方還好嗎
- 沉重地點頭
- 用沉靜的聲音說話
- 聳單肩，很快就停下來
- 一邊做別的事一邊聽
- 聽的時候看向別處，免得讓另一個男性感到不自在
- 提議帶他出去：走走，開車兜風，閒逛
- 就算對方講話不合理也表示同意
- 讓他發洩情緒，或說別人壞話
- 提議替受害的人平反
- 試圖讓他分心（參加派對，喝酒）

內部感受

- 感到整個人耗盡
- 整體感覺沉重
- 心跳較慢
- 喉頭疼痛

心理反應

- 渴望靠近或肢體接觸
- 希望能減輕對方的痛苦
- 不確定該說什麼
- 只聽，不批判
- 擔心同樣的事發生在任何人身上，尤其是自己或親友
- 感謝小事
- 常常想到對方
- 替對方祈禱
- 注意力受限，只能專注於對方
- 鬆了口氣

極度或長期同情的徵狀

- 過度思考如何解決問題
- 說出陳腔濫調：「總有一天會過去的」、「別灰心」等等
- 送禮安慰對方，用食物或關心淹沒對方
- 自己介入，將對方的痛苦內化到自己心裡

掩飾同情的徵狀

- 朝對方舉起手，又放下
- 常常提到對方或他的狀況
- 朝對方微笑或眨眼，卻沒有出聲支持
- 保持一段距離看著，希望情況改變

進一步可能引發的情緒

悲傷（參見第 224 頁）、仰慕（參見第 82 頁）、愛戀（參見第 240 頁）、感激（參見第 232 頁）、懷舊（參見第 312 頁）、擔心（參見第 296 頁）

寫作小撇步

情緒通常不會在短時間內就從溫和變得極端。為了贏得讀者信任，請先鋪陳必要的情緒發展基礎，並展示壓力來源是如何帶出更強烈的情緒。

困惑

[confusion]

【定義】

不解或迷惘的樣子

身體外部反應

- 難以完成任務
- 摸索
- 使用「嗯」和「呃」等遲疑發語詞
- 皺起臉
- 用力吞口水
- 搔抓臉頰或太陽穴
- 摩擦下巴
- 以問句重複他人說的話
- 觸碰脖子根部
- 攤出雙掌並聳肩
- 語調不確定
- 越來越不知道該怎麼說
- 姿勢放鬆或癱軟

- 頭歪向一邊，噘起嘴
- 瞇起眼睛
- 結巴
- 頭稍微往後縮
- 說話越來越小聲
- 手梳過頭髮
- 眉毛打結
- 拉扯一邊耳朵
- 請別人重複剛說的話
- 眼神朦朧，逐漸放空
- 摩擦額頭或眉毛
- 問問題
- 皺眉
- 咬嘴唇

- 快速眨眼
- 手觸碰嘴唇、嘴巴、臉
- 四處張望，彷彿尋求答案
- 漫步一小段路才回頭
- 轉身離開去整理思緒
- 微微搖頭
- 張開嘴卻說不出話
- 鼓起雙頰，然後吐氣
- 神色呆滯
- 盯著地面
- 尋求肯定：「你確定？」
- 拳頭敲打嘴唇
- 用舌頭抵著臉頰內側
- 做出搓手的動作

內部感受

- 體溫上升
- 胃部攪動
- 胸口緊繃
- 冒汗
- 感到過熱

心理反應

- 思緒當機
- 希望遭到打斷，好延遲回答的時間
- 思緒飛快轉動，尋找答案

極度或長期感到困惑的徵狀

- 逃走反應
- 成績下滑
- 由於未完成工作或草率做做，而失去他人尊敬
- 無法達成承諾
- 產能低落
- 喪失自尊

掩飾困惑的徵狀

- 點頭或表示同意，避免他人注意
- 揮手
- 裝出自信
- 向他人確保一切都在掌控之中
- 微笑點頭
- 透過肢體碰觸安撫他人（拍背或肩膀）

- 扭動身子
- 將對話導向不同話題
- 急忙開始做一堆事
- 做出承諾
- 突然對其他事物感興趣
- 明顯冒汗
- 用「贅字」推延時間

進一步可能引發的情緒

難以承受（參見第316頁）、挫折（參見第164頁）、放棄（參見第136頁）、不安（參見第46頁）

寫作小撇步

男生和女生體驗、表達情緒的方式不同。寫另一個性別的角色時，必要時請尋求他人的意見，確保角色的反應、想法和感受夠真實。

防備

[defensiveness]

【定義】

抵抗攻擊；抵禦可能發生的危險或威脅

身體外部反應

- 後退
- 往後傾
- 雙手抱胸
- 身體姿勢僵硬
- 瞇起雙眼
- 眉毛下垂
- 臉頰內縮
- 搖頭
- 氣急敗壞說，張口結舌
- 拿東西當盾牌（書、折起的外套）
- 視線四處亂竄
- 舔嘴唇
- 快速眨眼，露出恐懼的表情

7
劃

- 舉起雙手，手掌對向侵略者
- 直盯前方
- 惱怒地撥頭髮
- 輕蔑地哼笑
- 提高聲量
- 翹起雙腿
- 護住自己身體（側身面對對方）
- 打斷他人
- 尋求別人援助
- 大聲呼氣
- 遭指控時主動出擊，口頭攻擊對方
- 將怪罪目標從自己轉為他人
- 畏縮，往後彈
- 話說不清楚

- 手攤放在胸口上半
- 脖子僵硬，筋脈突出
- 放低下巴，縮近脖子
- 搖動一根手指，斥責對方的指控
- 嘲諷
- 翻白眼
- 臉頰逐漸漲紅
- 明顯冒汗
- 把他人拉下水以支持自己
- 口頭表示失望或拒絕承認
- 越爭執聲音越強硬
- 動作斷續，不再流暢
- 用力吞口水

內部感受

- 血壓上升
- 心臟撲通撲通跳，耳中聽來越顯大聲
- 口乾舌燥
- 身體感覺燥熱
- 極度口渴
- 胃緊縮，變得沉重

心理反應

- 思緒亂竄，試圖緩解情勢
- 生氣，震驚
- 感覺遭到背叛
- 搜尋記憶尋找證據（支持自己清白，或挑戰指控）

極度或長期防備的徵狀

- 眼神四處尋找出口或脫逃路線（逃走反應）
- 大叫
- 提起過去支持指控方或扭轉局面的例子
- 列舉對手的缺點
- 擴大個人空間
- 憤而離開

掩飾防備的徵狀

- 保持語調平穩
- 露出假笑
- 強迫自己舉止裝得冷靜
- 轉換話題

- 否認（聳肩，勉強笑）
- 冷靜地表示自己不需要證明什麼
- 即便感到不自在，也不離開或走開
- 跟人理論時不動之以情，而是列舉事實

進一步可能引發的情緒

生氣（參見第66頁）、恐懼（參見第156頁）

寫作小撇步

選擇每個場景都要多花心思。對主角來說，每個地點應該都有象徵意義，主角一進場，心理層面便會受到（正面或負面）影響。

否認

[denial]

【定義】

拒絕承認事實或現狀

身體外部反應

- 口頭上不同意
- 退後
- 激烈搖頭
- 揮手要人走開
- 負面對話：「不要怪我」或「與我無關」
- 手指比畫，或用其他強硬的動作強調所說的話
- 舉起手掌
- 聳肩
- 吸進上唇
- 雙手抱胸，排拒的姿勢
- 一隻手放在胸骨上
- 嘴巴鬆開，面露震驚
- 飛快說話，不讓他人插嘴

7劃

- 想證明事情合理或正確
- 拖著腳後退
- 慢慢說話，拉長每個字：「什麼？不可能！」
- 往後靠，增加空間
- 把人或物擋開
- 挑起眉毛
- 睜大眼睛
- 強調說「不」
- 傾斜身體，遠離質問者
- 懷疑對方的證據或所說事實
- 用手在空中畫「╳」
- 避開視線交會（彷彿自己不確定或撒謊）

- 回答短促，使用短句
- 冒汗
- 低頭盯著雙手

內部感受

- 口乾舌燥
- 喉頭逐漸腫起
- 感到身子沉重或麻木
- 眼瞼後方發熱
- 胃部發麻

心理反應

- 為了瞭解狀況而在腦中回顧過往事件
- 思緒聚焦在與當前情況的相關事實
- 腦袋急著尋找合理的藉口（即便撒謊）
- 因為陷入這種情況而生氣或受傷

嚴重或長期否認的徵狀

- 怪罪他人
- 懇求，哭泣，哀求他人相信自己
- 變得故步自封，拒絕聽別人的說法
- 想要獨處

掩飾否認的徵狀

- 拒絕爭辯或回應指控
- 穩定的眼神接觸
- 解釋自己並沒有否認
- 說「等著瞧吧」
- 列出理由，表示對方的觀點不通
- 重述自己認定的事實，不願改變
- 語調平穩

進一步可能引發的情緒

防備（參見第112頁）、傷痛（參見第236頁）、內疚（參見第62頁）、生氣（參見第66頁）、矛盾（參見第70頁）

寫作小撇步

列出你在文中使用的肢體語言描述（皺眉、微笑、聳肩、搖頭等）。用搜尋功能標出每個描述詞語，才能明確找出哪些地方需要全新的情緒描述方法。

走投無路

[desperation]

【定義】

感到絕望，導致行事魯莽

身體外部反應

- 雙眼發熱而過亮
- 視線飄忽
- 動作快速
- 無法進食或入睡
- 手指抖動，強迫反覆的動作
- 走路不順暢
- 伸手或觸摸，希望獲得幫助或好處
- 直接面對危險
- 所做所為挑戰忍耐的極限
- 來回踱步
- 焦急地自言自語
- 抓住頭髮扯動
- 眼神痛苦

- 聲音激動得哽咽
- 手部胡亂動作
- 呻吟
- 在原地搖晃
- 討價還價
- 發抖，打顫
- 雙臂盤在頭上
- 抱住肩膀，下巴靠著胸口
- 脖子僵硬，前臂繃緊
- 雙眼看似淚濕
- 牙齒咬住下唇
- 絞動雙手
- 弓起肩膀，彎腰駝背
- 搖頭否認
- 保護性姿勢（下巴靠胸，雙手緊抱身體）
- 指甲劃下臉頰
- 摩擦上臂尋求安慰
- 聲音顫抖
- 大量冒汗

內部感受

- 心跳飛快
- 口乾舌燥
- 哀求、哭泣、懇求，造成喉嚨痠痛
- 忍痛能力提升
- 胸口緊繃或發疼
- 精力過量、旺盛或驚人

心理反應

- 不斷計畫和擔心
- 思考不理性，判斷力差
- 願意做任何事
- 忽視法律或社會價值
- 放棄道德和良善的判斷
- 必要時犧牲他人或較不重要的目標、心願和需求
- 不在乎別人的感受與自己的目標抵觸

極度或長期走投無路的徵狀

- 哭泣，啜泣，哭號
- 尖叫
- 用拳頭捶打東西，直至受傷
- 跪下
- 哀求，低聲下氣，放下自我價值或自尊
- 極度冒險
- 提出交換條件：「不如帶我走吧」或「我去，你留下來」
- 突破自我極限，尋求需要的力氣
- 拒絕他人勸說

掩飾走投無路的徵狀

- 緊抱自己
- 相信帶來希望的謊言
- 扭動身子
- 因為苦思對策而封閉自己，隔絕外界
- 難以坐定

- 不斷看鐘（時間）
- 向他人保證
- 整理頭髮和衣服，顯得不受影響
- 利用雜事讓自己分心（看電視、做家事）
- 雙手緊緊握拳

進一步可能引發的情緒

恐怖（參見第 168 頁）、懼怕（參見第 320 頁）、生氣（參見第 66 頁）、決心（參見第 124 頁）

寫作小撇步

穿著的選擇人人不同，能投射每人的個性。創作獨特的情緒肢體語言時，想想怎麼利用角色的服裝，來揭露他的不安或虛榮，或展現自尊。

決心

[determination]

【定義】

意志堅定，打算達成目標；毅然決然

身體外部反應

- 第一個開口
- 侵入他人的個人空間
- 用清晰的字和短而強烈的句子
- 聲音低而穩定
- 眉毛打結
- 肌肉緊繃
- 眼神警戒
- 繃緊下巴
- 強烈眼神接觸
- 生硬地點頭
- 將雙手擺成尖塔狀
- 模仿領導者的動作
- 使用肯定的字彙：「對」和「我會」

- 嘴唇緊閉
- 握緊拳頭
- 整理自己的東西，準備好
- 穩穩站著，做好準備
- 雙腳大開站穩
- 向前傾，手擺在一腳膝上
- 抬高下巴，露出脖子
- 捲起袖子
- 肩膀向後挺
- 姿勢強硬
- 動作精準
- 手部動作敏銳（例如戳手指來強調）
- 步伐快速
- 問尖銳的問題
- 雙腿伸直，不翹腳
- 挺胸
- 用力握手
- 從鼻子深深吸氣，然後從嘴巴吐氣
- 散發出平靜專心的氛圍
- 練習一種技能
- 做準備或調養身體
- 學習或蒐集資訊
- 為了進步而接受批評

內部感受

- 感覺心跳得很快
- 體溫上升，心跳加速
- 肌肉準備好而緊繃

心理反應

- 準備面對障礙，計畫如何克服
- 心裡鼓勵自己成功
- 主動傾聽
- 目標清楚
- 心無旁騖，忽略身體不舒服
- 精神極度集中於目標
- 預習自己該說或做的事
- 排除負面想法
- 訂定目標

極度或長期感覺決心的徵狀

- 事先為任務調整好狀態
- 下巴肌肉繃緊
- 頭痛
- 筋肉拉緊
- 忽視疼痛、壓力，或其他外在刺激
- 犧牲必要事物以達到期望的結果

掩飾決心的徵狀

- 刻意擺出無力的姿勢
- 假裝沒有興趣
- 無意義的動作（仔細檢查皮膚表面，尋找頭髮分岔）
- 將手放在口袋裡
- 嬉鬧或不帶威脅的對話
- 提出和善的問題
- 打呵欠

- 聳肩
- 為了卸下對方心防而大笑或說笑話
- 缺乏眼神交會
- 閉上眼睛，彷彿放鬆或小睡片刻

進一步可能引發的情緒

懷抱希望（參見第 308 頁）、自信（參見第 90 頁）

寫作小撇步

千萬別小看觸感的威力。肌膚觸碰物品的感受可以帶來強烈的反應（正面或負面），增添讀者的情緒體驗。

快樂

[happiness]

【定義】

安祥或歡欣滿足的樣子

身體外部反應

- 臉龐向上
- 微笑
- 哼歌，吹口哨，唱歌
- 外表顯得放鬆
- 講笑話，經常笑
- 有笑紋
- （笑容造成）顴骨明顯提高
- 眼神閃動、閃亮或發光
- 聲音如夢幻般或輕柔
- 說話飛快
- 買禮物給別人，或釋出善意
- 伸展雙腿，擺出大開的姿勢
- 朝他人豎起大拇指

- 靈活地坐直身體
- 動作流暢
- 讚美別人
- 邊走邊擺動手臂
- 興奮地揮手
- 態度有禮
- 腳步輕盈，小跳步
- 主動與他人肢體接觸
- 話中充滿正面詞彙
- 在陌生人面前顯得健談和展現善意
- 隨性
- 在大腿或其他表面上輕輕敲打手指（彷佛敲出腦中音樂）
- 跟著輕鬆的節奏搖晃或用腳打拍子
- 像貓一樣滿意地伸展
- 表現出很享受的樣子（跟著音樂搖擺，品嘗食物）
- 點頭或向前傾，主動表現出感興趣的樣子
- 踮腳跳躍
- 雙手撫胸
- 鼓勵支持他人
- 動作迅速，毫不遲疑
- 臉部整個綻放光彩
- 雙臂大張，彷佛要擁抱世界
- 主動隨機做出善意舉動

內部感受

- 覺得喘不過氣
- 暖流擴散至胸口
- 雙手發麻
- 四肢輕鬆
- 感覺身體輕飄飄

心理反應

- 正向思考
- 渴望傳播喜悅，讓他人開心
- 注意到小事（例如聞玫瑰花香）
- 樂於助人
- 與大家和平共處，滿足
- 顯得有耐心
- 未來展望一片光明（看到事情好的一面）
- 希望與所愛之人或朋友在一起
- 無所畏懼
- 因為好玩而冒著無傷大雅的險

極度或長期快樂的徵狀

- 喜極而泣
- 興奮地發抖
- 大動作（飛躍，朝天揮拳頭，奔跑）
- 開心地突然尖叫、大喊、大笑、驚叫、咯咯笑
- 展現好意
- 瘋狂繞圈圈

- 跳舞

掩飾快樂的徵狀

- 緊閉雙唇以免笑出來
- 難以靜止不動
- 深呼吸冷靜下來
- 在原地稍微躍動
- 撇開臉
- 把玩東西，免得手腳扭動
- 小心裝起撲克臉，但雙眼透露真實情緒
- 將快樂念頭放一旁，晚點再享受
- 拼命專注於別的事或別人
- 用頭髮遮住開心的表情
- 一手摀住嘴巴遮掩笑容
- 捏自己，靠痛感壓抑情緒

進一步可能引發的情緒

興高采烈（參見第280頁）、感激（參見第232頁）、滿意（參見第260頁）、平靜（參見第78頁）

寫作小撇步

若想加強場景張力，請想想是什麼動力驅使角色前進，以及哪種情緒會成為絆腳石。接著寫出一起事件，激起角色正想避免的情緒。

忌妒

[jealousy]

【定義】

對敵人或懷疑享有優勢的人充滿惡意

備註：優勢可能是人、事或無形的概念（例如愛、成就）

身體外部反應

- 露出陰沉的表情
- 喉中發出輕微的咆哮或聲音
- 看到別人和自己的敵人有互動往來，而感到苦毒惱恨
- 動作快速敏捷（抹掉臉頰上的淚水，撥開眼前的頭髮）
- 嘴唇緊閉或抿平
- 雙臂抱胸
- 咬牙
- 低聲喃喃說刻薄的話
- 傳出謠言，行事狡猾
- 欺負比自己弱的人，以表現出掌握權力的感覺
- 冷笑
- 笑容醜陋
- 大喊罵人，中傷別人

7 劃

- 握緊拳頭往前一步
- 雙頰明顯泛紅
- 表情憔悴
- 肌肉緊繃
- 身體模仿敵人的動作
- 試著「超越」敵人
- 雖有風險，仍挑戰敵人
- 批評
- 朝敵人的方向吐口水
- 罵髒話
- 踢附近的東西
- 愛現
- 惡作劇或搞噱頭，拉回他人注意
- 粗魯，或使出賤招
- 行為魯莽
- 敵人退卻或顯露弱點時加以幸災樂禍

內部感受

- 胸口或胃部感覺燒灼起來
- 胃部僵硬
- 呼吸變粗變快
- 視野中出現黑點或閃光
- 咬牙造成下顎疼痛

心理反應

- 渴望跟別人抱怨敵人一文不值
- 匆匆做決定（退出團隊，衝出聚會現場）
- 別人提到敵人時怒髮衝冠
- 渴望詆毀對手的信譽，或奪走其權力
- 想傷害人
- 渴望復仇
- 因負面情緒而焦躁
- 僅專注於敵人的負面特質
- 比較同儕眼中自己和敵人的形象
- 拒絕那項優勢（轉而追求別人）

極度或長期忌妒的徵狀

- 譏諷，嘲笑，霸凌
- 找人吵架
- 過度在意敵人
- 犯下一些小罪（例如刮傷敵人的車）
- 自殘當作發洩手段
- 負面情緒擴散到其他生活層面
- 自我懷疑，缺乏自信
- 與別人關係負面，充滿消極攻擊和批評
- 當兩面人太久，感覺虛假
- 對自己和他人都不誠實
- 習慣暗中試圖詆毀敵手在他人眼中的形象

掩飾忌妒的徵狀

- 在敵人面前裝得正常，卻背地裡說對方壞話
- 私下偷偷觀察對手
- 決定也要在自己渴望的領域成功
- 和其他渴望達成同樣目標的人聚集
- 拍馬屁，攀關係，好贏得認同
- 試著不要只在意敵人
- 告訴自己沒關係
- 試著想敵人好的一面

進一步可能引發的情緒

羨慕（參見第228頁）、決心（參見第124頁）、生氣（參見第66頁）、怨恨（參見第144頁）

寫作小撇步

想想每個場景的光線。陽光燦爛，烏雲把一切染灰，日落的起頭，甚至是黑暗……光線和陰影會影響角色心情，推高角色的壓力指數，甚至阻礙他／她達成目標。

放棄

[resignation]

【定義】

幾乎未抵抗便投降的樣子

身體外部反應

- 沮喪地嘆氣
- 肩膀低垂
- 表情空洞
- 姿勢佝僂
- 拖著腳步走
- 步伐小
- 流淚
- 聲音單調
- 越來越少話
- 雙眼無神
- 下巴顫抖
- 稍微點頭當做回答
- 臉部五官下垂

8~10
劃

- 手臂手掌癱軟
- 頭髮沒洗
- 衣服起縐凌亂
- 喪失食慾
- 對過去的嗜好或熱衷的事失去興趣
- 縮小身子（擁抱自己，蹲下，蜷縮）
- 避開眼神交會
- 說不出話
- （動作）遲緩地安慰他人（輕撫對方背部，拍對方肩膀）
- 搖頭
- 脖子撐著頭往後仰，看向天空
- 漠然地同意
- 握起雙手

- 向前傾，手肘撐在膝蓋上
- 盯著空氣
- 低垂著頭
- 下巴放鬆
- 微微聳肩
- 長長吐氣
- 喃喃自語，咕噥
- 雙手抱頭
- 用拳頭支撐臉頰
- 受到刺激時反應慢或沒反應
- 低吼，簡短用一個字回應對方的問題
- 刻意閉上眼睛，好像在思考
- 大量睡眠

內部感受

- 下墜或摔落的感覺
- 空洞，麻木
- 沒有情緒
- 肌肉虛弱

心理反應

- 決心善加利用當下情況（正向思考）
- 無法專注或專心
- 感覺失去方向
- 困惑：「怎麼會發生這種事？」或「現在我會怎麼樣？」
- 覺得一切從此不同
- 無法掌控現在或未來
- 相信自己失敗了

嚴重或長期放棄的徵狀

- 憂鬱
- 封閉自我
- 斷絕與他人聯繫
- 懷疑自己，自信漸失
- 冷漠
- 變得順從，交出控制權

掩飾放棄的徵狀

- 抱怨，質疑，提出站不住腳的論點
- 挺直肩膀，但不帶真正的力道或強度
- 稍微展露怒氣
- 假裝自己選擇妥協，而非只有這個選項

進一步可能引發的情緒

悲傷（參見第224頁）、失望（參見第74頁）、挫敗（參見第152頁）

寫作小撇步

如果用太多內心戲表達情緒，會顯著拖緩劇情步調。假如這些思緒非常關鍵，請試著把一部份轉移到主動、寫實的對話中，便能加快敘事步調，又揭露角色的感受。

迫不及待

[eagerness]

【定義】

熱切期待將發生的事

身體外部反應

- 向前傾
- 眼睛發亮
- 說話飛快
- 以愉悅或宏亮的聲音說話
- 注意力集中，點頭
- 使用興奮的言詞
- 旁人建議什麼都同意
- 把玩某樣東西，不讓手閒下來
- 捏緊雙手，放在身側
- 強烈眼神交會
- 蓋過他人的話
- 馬上舉手，等著被叫
- 問問題，搜集資訊

- 摩擦雙手
- 往前傾，一手撐在膝蓋上
- 坐在椅子前緣
- 讓他人進入自己的個人空間
- 舔嘴唇，微笑
- 腳朝前
- 往後挺直肩膀
- 手勢活潑
- 踮腳尖跳
- 動來動去，坐立難安，來回踱步
- 長長呼出一口氣，然後微笑
- 瞪大睜圓眼睛，幾乎不眨眼
- 雙手互相緊抓
- 警戒地抬頭

- 快走，慢跑或快跑
- 與旁人互看一眼或眨眼
- 靠近一群人或活動
- 壓低興奮的聲音悄聲說話
- 把椅子拖靠近桌子
- 提早抵達
- 挑動眉毛，露出笑容
- 就算對不在自己交往圈的人也很友善
- 拉或推別人，要他們快一點

內部感受

- 胃部攪動
- 心跳加速
- 感覺胸腔擴張

- 喘不過氣
- 興奮而顯得靈敏

心理反應

- 專心聽
- 規劃準備完整
- 無法專注於其他事
- 渴望與他人分享，接納他人
- 完全失去控制
- 正向的展望及想法
- 願意負責、幫助別人或領導

極度或長時間迫不及待的徵狀

- 提早準備，通常早好幾個小時或好幾天
- 計畫或在乎每個細節
- 要求完美
- 急匆匆，希望事情快點發生

掩飾迫不及待的徵狀

- 雙手在大腿上交握
- 肌肉繃緊
- 強迫自己坐定
- 放慢說話速度，專心把話說清楚
- 連續深呼吸
- 處理事情或雜事，好消磨時間
- 擺出放鬆的姿勢，假裝沒有興趣
- 稍微繞遠路以蒙騙他人

進一步可能引發的情緒

興奮（參見第284頁）、不耐煩（參見第42頁）

寫作小撇步

想在對話中製造衝突，請賦予雙方相對立的目標。角色得不到想要的結果，自然會產生激烈的情緒反應。

怨恨

[hatred]

【定義】

怨懟或憎恨；感到敵意

身體外部反應

- 拳頭顫抖
- 視線緊迫瘋狂
- 咬牙切齒
- 前臂肌肉僵硬，線條明顯
- 口出惡毒傷人的話，意圖激怒對方
- 姿勢僵直，肩膀後挺，徘迴走動
- 推擠，絆倒人
- 咧嘴露出牙齒
- 縮回手指，做出爪子的樣子
- 大喊，尖叫，咒罵
- 撲向敵人
- 大喊時亂噴口水
- 臉紅脖子粗

8~10
劃

- 流汗
- 血管明顯跳動
- 脖子冒青筋
- 走開，拒絕與對方待在同一個地方
- 更換值班時間或更改計畫，好避開敵人
- 臉部緊繃，一臉凶相咆哮
- 喉嚨發出動物般低吼
- 鼻孔擴張
- 握緊拳頭，不小心捏碎或弄破（例如折斷筆）
- 身體繃緊，幾乎要跳起來
- 霸凌，上網批評
- 嘴巴因厭惡而扭曲，冷笑
- 朝某人或對方的方向吐口水

- 伸手想掐人喉嚨、打人或造成傷害
- 推開他人以靠近敵人
- 憤而流淚
- 詛咒、咒罵
- 語調傷人
- 聲音顫抖
- 靠朋友協助排除或打壓敵人
- 捏造傷人的八卦，設計敵人，散播謠言
- 扭住敵人的手臂，不讓對方離開
- 一時衝動而暴力行事（摔椅子，損毀資產）

內部感受

- 呼吸聲很大，胸口起伏
- 咬牙切齒造成下顎疼痛
- 心撲通撲通跳
- 頭痛
- 體溫上升
- 筋肉緊繃，因而扭傷或痠痛
- 耳中聽到轟隆聲

心理反應

- 心情陰沉，沒有人能化解或深入其內心
- 草率決定，判斷失準
- 想法不理性，冒險以報復對方
- 想要復仇（透過破壞、偷竊等方法）
- 一心只想到如何毀了對方
- 幻想敵人丟臉的樣子
- 迫切希望對方受傷或遭逢不幸

極度或長期怨恨的徵狀

- 無法沉浸於正面事物或感到快樂
- 難以進食和入睡
- 孤獨
- 死追著敵人，跟蹤對方
- 從對敵人施以暴力的幻想獲得快感
- 為了打擊敵人而犯罪
- 攻擊或謀殺

掩飾怨恨的徵狀

- 咬緊牙關，吞下強硬的字句
- 深呼吸好冷靜下來
- 想辦法讓自己分心或轉移注意
- 離開當下的情境或敵人
- 與支持自己的朋友為伴

進一步可能引發的情緒

偏執（參見第 184 頁）、暴怒（參見第 272 頁）

寫作小撇步

想增加情緒強度，可以讓角色採取行動前一秒想起要付出的代價。若角色擔心後果的話，可為場景增添絕望的氛圍，順利牽動讀者的情緒。

後悔

[regret]

【定義】

因為自己無法控制或
修補的情況而感到遺憾

身體外部反應

- 一手抹過臉龐
- 一手撫著胸骨
- 重重嘆氣
- 嘴角下垂
- 姿勢彎曲
- 雙臂沉重，肩膀下垂
- 道歉
- 試著講理或解釋
- 眉頭緊蹙
- 表情痛苦
- 雙手垂在身體兩側
- 盯著腳
- 雙手摀住臉

- 緊瞇起眼
- 抬起手，又放下
- 閉著眼睛，捏鼻樑
- 皺起臉或皺眉
- 摸著胸口，彷彿很痛
- 避開受害者（羞愧）
- 尋求和解（決心矯正）
- 苛責自己的作為或決定
- 抓不住對話的走向
- 頭髮遮住臉
- 搖頭
- 聲音失去力量
- 用破碎的句子，或話越說越小聲
- 發出嘖嘖聲，或喃喃表示遺憾：「真可惜」
- 詢問結果：「他／她聽到消息的反應如何？」
- 拼命想收回說過的話或做的事
- 拉長自己和他人之間的距離
- 在社交場合試圖當個隱形人
- 貶低自己

內部感受

- 五臟六腑打結
- 失眠
- 肺部無法吸飽氣
- 胃部翻騰
- 失去食慾

- 胸口鈍鈍的，感覺沉重

心理反應

- 自我厭惡
- 覺得應該感到痛苦或遭人批評
- 對相關的人或事極度關心與感到後悔
- 腦中重現過往事件
- 自省的想法
- 試圖忘記那起事件
- 渴望不為人知
- 分心
- 希望這件事沒發生

極度或長期後悔的徵狀

- 不照顧自己的身體
- 體重下滑
- 遠離人群
- 退出社團和團體
- 對於嗜好或喜歡的消遣活動不再有趣
- 為了補償而過度投入其他關係
- 哭泣，啜泣
- 自殘行為
- 酗酒，吸毒
- 危險性行為
- 深陷家暴關係
- 連續幾段關係都破裂
- 潰瘍

- 與他人缺乏親密交流
- 無法原諒自己

掩飾後悔的徵狀

- 迫切尋找新關係
- 談論自己的成就，好贏得他人認同
- 做出改變人生的決定（例如換工作，搬家），好重新開始
- 扮演活潑開朗的角色
- 裝出開心的表情

進一步可能引發的情緒

羞愧（參見第188頁）、挫折（參見第164頁）、憂鬱（參見第268頁）

寫作小撇步

注意可能濫用的描述方式。你是否用太多次「綠色」？多個場景是否都出現某種聲響（例如風吹拂過樹梢）？記下這些細節，免得濫用。

挫敗

[defeat]

【定義】

被掌控、征服或擊敗

身體外部反應

- 壓低下巴靠近胸口
- 雙手癱軟
- 將手掌舉高伸出
- 搖頭
- 沒有眼神交會
- 低頭盯著雙手或雙腳
- 變得安靜或沒有反應
- 在原地搖晃，難以平衡
- 為了同意而同意
- 手臂垂放在兩側
- 長長且低沉地嘆息
- 聲音顯得越來越模糊
- 踉蹌，膝蓋打顫

- 揉眼睛，掩藏紅眼或眼淚
- 後退
- 雙頰灼熱
- 喉結跳動（重重吞口水）
- 肩膀垂下或駝著背
- 姿勢癱軟
- 雙手藏在背後或口袋裡
- 下巴顫動
- 手臂緊抓身體，彷彿避免身子散掉
- 動作無精打采
- 回應聲調平淡
- 眼神空洞
- 癱坐在椅子上
- 雙手抱頭
- 聲音破碎

內部感受

- 感到喉頭鼓動
- 心臟鈍鈍地在胸口跳動
- 喘氣
- 頭暈眼花
- 胸痛或麻木
- 嘴中嚐到酸味
- 失去氣力
- 眼皮下湧起淚水或熱氣
- 喉頭腫起發疼
- 四肢感覺過於沉重，無法抬起或移動

心理反應

- 想要逃離或獨處
- 感到羞恥
- 擔心辜負他人的期望，或使他人失望
- 內心疲倦

極度或長期感到挫敗的徵狀

- 身體顫動或發抖
- 無法控制流淚
- 哀求或懇求
- 癱倒，膝蓋無力
- 自我厭惡

掩飾挫敗的徵狀

- 搖頭
- 虛張聲勢
- 試圖維持眼神交會
- 要求重新比賽
- 重複「不」這個字
- 大叫，怒罵
- 怪罪別人
- 指控對方作弊或詐欺
- 下巴明顯突出
- 眼神冷冽
- 用怒火來助長氣勢

進一步可能引發的情緒

放棄（參見第136頁）、憂鬱（參見第268頁）、羞愧（參見第188頁）、羞辱（參見第176頁）

寫作小撇步

試著用對比來展現較為含蓄的情緒。比方說，將你的角色與另一位情緒變化劇烈的人搭配在一起，便能凸顯他較為溫和的肢體語言。

恐懼

[fear]

【定義】

畏懼；預期威脅或危險

身體外部反應

- 面如死灰，臉色蒼白
- 後頸及手臂寒毛直豎
- 散發體味，冒冷汗
- 流手汗
- 嘴唇和下巴顫抖
- 脖子青筋突出，脈搏明顯可見
- 手肘夾緊身側，盡量把身體縮小
- 僵住，彷彿在原地生根
- 快速眨眼
- 肩膀緊繃
- 視而不見，閉上眼睛或哭泣
- 手塞在腋窩下，或抱住自己
- 激烈吐氣吸氣

8~10 劃

- 腿部肌肉繃緊，身體準備逃跑
- 四處張望，尤其注意後方
- 聲音尖銳
- 降低音量悄聲說話
- 背靠著牆或角落
- 無法控制地發抖
- 抓住東西，指節泛白
- 走路姿勢僵硬，膝蓋不住碰撞
- 嘴唇或額頭冒出汗珠
- 緊抓住別人
- 眼睛顯得濕潤又過於明亮
- 結巴又講錯話，聲音顫抖
- 動作斷續，扭捏
- 舔嘴唇，大力吞口水
- 衝刺或跑走
- 一手撫過額前，擦掉汗水
- 驚呼一聲，彷彿痛苦地呼氣
- 無法控制地嗚咽
- 哀求，自言自語
- 聽到聲響便縮起身子

內部感受

- 無法說話
- 四肢發抖
- 忍住尖叫或哭喊
- 心跳狂飆，心臟幾乎爆裂
- 暈眩，雙腿和膝蓋虛軟
- 膀胱鬆弛

- 胸痛
- 屏住氣，吞下呼氣以保持安靜
- 胃感覺跟石頭一樣硬
- 觸覺和聽覺極度敏感
- 腎上腺素激增

心理反應

- 想逃走或躲起來
- 感覺事情發展太快，無法消化
- 腦中閃過可能發生的狀況
- 論理有瑕疵
- 沒有想清楚就貿然行動
- 時間概念扭曲

極度或長期恐懼的徵狀

- 無法控制地顫抖，昏倒
- 失眠
- 心臟無法負荷
- 驚慌失措，恐懼症發作
- 疲憊
- 憂鬱
- 濫用藥物
- 遠離他人
- 小動作（反覆皺眉，扭頭，自言自語）
- 腎上腺素不斷分泌，因而得以忍痛

掩飾恐懼的徵狀

- 保持安靜
- 轉移注意或更換話題，否認自己害怕
- 轉身離開害怕的對象
- 試著維持語調輕鬆
- 強迫露出淺淺的笑容
- 用情緒反應（生氣或挫敗）掩飾害怕
- 虛張聲勢
- 過度重複習慣性動作（咬指甲，咬嘴唇，把皮膚抓紅）
- 語調詼諧，但聲音破碎

進一步可能引發的情緒

生氣（參見第66頁）、恐怖（參見第168頁）、偏執（參見第184頁）、懼怕（參見第320頁）

寫作小撇步

先描寫角色進場時的場景氛圍，替讀者做好體驗情緒的準備。假如角色很緊張，讀者也該很緊張。

起疑

[skepticism]

【定義】

存疑或不可置信的傾向

身體外部反應

- 抿起嘴，陷入沉思
- 歪過頭，停下來
- 搖頭
- 癟嘴成一條線
- 挑起眉毛
- 清喉嚨
- 把玩珠寶首飾或其他東西
- 聳肩
- 點頭，但表情緊繃，顯示並非完全相信
- 擺出對質的姿勢
- 冷笑或翻白眼
- 揮手趕走對方，或否認對方的想法
- 要求證據佐證

- 列出可能的後果
- 有禮貌地口頭反對
- 笑容敷衍
- 喃喃說反對的話：「我不認同」或「這不可能成功」
- 焦躁不安（來回踱步，敲手指，看時鐘）
- 臉部緊繃
- 肢體動作僵硬
- 摩擦後頸，避開眼神交會
- 瞇起眼
- 咬或啃嘴唇
- 與他人說閒話，批評一個人的選擇或想法
- 評論態度尖銳

- 舔嘴唇
- 哼聲，斥喝
- 引述過去沒有成功的類似事件
- 列舉所有可能出錯的問題
- 刻意打顫或打哆嗦
- 咬指甲
- 重重嘆氣
- 走開
- 一隻指頭敲打桌面，試圖強調論點
- 問「你確定？」或「要是這樣怎麼辦？」
- 下巴突出
- 一臉靜默
- 扭扭鼻子，彷彿聞到臭味
- 從鼻子快速呼氣，哼了一聲

內部感受

- 胸口繃緊
- 心跳和脈搏加速
- 肌肉僵直
- 腎上腺素激增，催促腦袋反應

心理反應

- 想法負面
- 不確定
- 關注邏輯或實體上的缺陷
- 渴望改變對方的打算或立場
- 想和意見相同的人在一起

極度或長期起疑的徵狀

- 生氣
- 挫折
- 消極的起疑越來越明顯
- 想辦法攻擊對方的信譽
- 渴望叫對方閉嘴
- 腦中閃過可能的論點
- 不可置信，不相信他人看不清事實
- 主動出擊，拉攏別人相信自己的看法
- 變得好鬥

掩飾起疑的徵狀

- 試圖維持正常的臉部表情
- 拖著腳步

- 眼睛短暫瞪大，接著馬上控制住表情
- 為了沒有馬上支持而道歉
- 坐定，雙手交握，裝出有興趣又專心的樣子
- 不予置評地說：「想法挺有趣的」或「值得好好思考」
- 找人再次檢視優點和缺點，好釐清狀況
- 建議先試驗看看
- 要求更多時間思考
- 建議也許需要更多研究，再深加思考

進一步可能引發的情緒

不確定（參見第 54 頁）、猜疑（參見第 196 頁）、放棄（參見第 136 頁）、鄙視（參見第 264 頁）

寫作小撇步

別讓主角的日子太好過。安排一個又一個的難關，讓他／她不知所措，看似不可能成功。這樣主角克服萬難時，讀者才會真的印象深刻。

挫折

[frustration]

【定義】

因問題未解決或需求未滿足而感到惱怒；覺得遭到阻礙

身體外部反應

- 嘴唇噘在一起
- 雙手背在背後，互抓手腕
- 講話急促
- 敲打手指，以釋放壓力
- 用中指比畫；罵人
- 搖頭；抓搔或摩擦後頸
- 動作斷續（說話比手畫腳，走到一半轉換方向）
- 短距離來回踱步
- 姿勢僵直，肌肉緊繃，脖子冒青筋
- 咬緊牙關
- 勉強忍耐著咬牙說話
- 不耐煩地哼氣或冷笑
- 說話前先吸氣再吐氣

- 大張雙手，伸展再放鬆
- 咧嘴露牙
- 罵人
- 舉起雙手做出「我投降」的動作
- 昂首闊步離開某人，怒氣沖沖走開
- 試圖用污黑和人身攻擊傷害他人
- 不經思考便說話，通常事後會後悔
- 甩門
- 一把抓住自己頭髮，往上望天
- 沉重地嘆氣
- 聲音緊繃
- 頭低靠在桌上
- 說話不穩定
- 緊瞇起眼睛

- 外表顯得苦惱
- 手梳過頭髮
- 緊緊握拳，指甲戳進掌心
- 表情狼狽、非常緊張
- 手抹過臉
- 拳頭用力捶桌面
- 皺起臉又放鬆，試圖冷靜下來
- 雙臂抱胸；雙手抱頭
- 抬高下巴
- 急急忙忙而動作笨拙（咖啡灑出，撞倒東西）
- 誇張地呻吟
- 焦躁不安

內部感受

- 喉嚨縮緊
- 胃部漸感僵硬
- 胸口緊繃
- 血壓升高
- 頭痛或下巴痛

心理反應

- 極度專注在解決問題上
- 腦中不斷重複播放一個場景或事件，無法拋開
- 自言自語，好冷靜下來正常思考
- 需要問問題，重新審思資訊
- 在搞壞關係前，先控制自己的情緒

極度或長期感到挫折的徵狀

- 大喊，大叫，咆哮、尖叫或批評
- 哭泣，啜泣
- 哀求，討價還價：「拜託停下來！」
- 大步衝出房間
- 無法睡覺或放鬆
- 大量冒汗
- 力道大於平常（跺腳，東西用丟的）
- 展現暴力（為了發洩情緒而踢、抓、搖或毀了東西）
- 鬧脾氣（尖叫，撲倒在地，哭泣）

掩飾挫折的徵狀

- 咬牙切齒
- 抹去眼淚，試圖掩藏淚水
- 噤聲或極少回應
- 短暫閉上眼睛
- 深呼吸
- 一手抹過臉上，彷彿要抹去情緒
- 找藉口離開
- 試著甩動或轉動肩膀，釋放壓力

進一步可能引發的情緒

藐視（參見第 300 頁）、生氣（參見第 66 頁）、不耐煩（參見第 42 頁）

寫作小撇步

善加利用角色的直覺，可以讓讀者更入戲。如果能夠清楚呈現是什麼原因促使角色有直覺反應，讀者自己就能憑感覺而有所體會，因而更加被故事吸引。（角色人物的）一瞬間的直覺反應，必須要對整個故事的情緒發展產生作用。

恐怖

[terror]

【定義】

極度害怕的樣子

身體外部反應

- 呼吸粗重；全身顫抖
- 眼睛凸出，無法眨眼
- 從藏身處急衝而出，逃離威脅來源
- 尖叫，流淚，哭鬧；說不出話，或前後不連貫
- 緊抱自己（抓住手臂，或雙臂環著肚子）
- 緊閉雙眼；呻吟，嗚咽
- 下巴和嘴唇顫動
- 漫無目的逃跑
- 搖頭，彷彿不肯相信
- 雙手蓋住耳朵
- 拳頭抵住頭部兩側
- 崩潰，跌坐在地
- 如胚胎般蜷縮，或抱住膝蓋

8~10
劃

- 蓋住臉；淒厲尖叫
- 縮瑟，畏縮，聽到聲響便嚇得跳起來
- 肌肉緊繃，姿勢僵硬
- 鼻孔擴張；大口吸氣
- 抓住他人，不肯放手或離開
- 笨手笨腳（撞上東西，把東西弄倒）
- 緊抓脖子或胸口
- 皮膚濕黏
- 外表顯得困擾、瘋狂
- 由上往下用手指抓臉頰
- 手掌和手指顫動
- 大量流汗
- 為了逃走而稍微冒險
- 傷到自己卻毫不自覺（試圖逃走時割傷或瘀青）
- 轉一圈，試圖找出所有的危險
- 以快速、斷續的腳步倒退遠離某人或某物
- 反擊反應（急忙出擊，用手邊東西打擊或摧毀對方）

內部感受

- 過度換氣；脈搏飛快
- 聽到心跳在耳中狂飆
- 咬緊牙關
- 耐痛程度高，不會感到或注意到受傷
- 力量或耐力增強
- 幽閉恐懼症（平常不怕的人也會）

- 胸口、肺部或喉嚨痛；雙腿虛弱
- 對聲音、觸碰或環境中的變化越顯敏感
- 暈眩，視野中出現黑點

心理反應

- （逃走時）忍不住回頭
- 決策能力受損
- 專心一志：救自己或別人
- 冒險
- 超越臨界點便會投降
- 極度警戒
- 不斷想到最糟糕的結果
- 對聲音和動作敏感

極度或長期感到恐怖的徵狀

- 壓力過大、缺氧或兩者一起導致昏倒
- 精神崩潰（哼歌，身體搖晃，手蓋住耳朵或眼睛）
- 心臟病發
- 封閉心靈，隔絕外界
- 創傷後壓力症候群
- 失眠
- 幻覺
- 焦慮不堪
- 體重下滑
- 做惡夢
- 憂鬱
- 濫用藥物

- 難以和他人相處
- 孤獨
- 恐懼症

掩飾感到恐怖的徵狀

- 人基本上幾乎不可能壓抑或掩飾感到恐怖的情緒。即便試圖隱藏，終究仍會展露出「害怕」的樣子。

進一步可能引發的情緒

偏執（參見第184頁）、暴怒（參見第272頁）

寫作小撇步

表達激烈情緒時，盡量少用譬喻。不管角色人物的文采多好、多有創意，情緒激昂的時候，大多數人不會想到譬喻。為了使角色可信，請用簡單的文字。

欲求

[desire]

【定義】

垂涎、想望或渴求（欲求的對象可以是人、物，或無形的概念，例如聲望、被接納）

身體外部反應

- 雙唇張開
- 眼神堅定交會
- 冒手汗
- 輕撫自己的手臂，替代欲求的對象
- 模仿對方的動作
- 顫抖
- 說話時壓低聲音
- 靠近或往前傾
- 走近以縮短距離
- 放鬆姿勢
- 直接面向對方
- 眼睛閃閃發亮，眼神柔和
- 雙腿稍微分開

- 肌肉放鬆
- 經常觸摸臉和嘴唇
- 短暫握拳又放開
- 變得話說不清楚
- 肌膚泛紅
- 越來越常吞口水
- 伸舌頭觸碰或舔嘴唇
- 膝蓋放鬆並發軟
- 有人呼喚時馬上回應
- 觸摸或緊抓欲求的目標
- 笑容緩緩變得燦爛
- 下意識挺胸
- 抬起下巴，露出脖子
- 屏住一口氣
- 結巴或口吃
- 擦過對方，顯得流連不去
- 觸碰或撫摸自己的喉嚨

內部感受

- 強烈感到自己的心跳
- 熱流湧向全身
- 嘴巴變得濕潤，唾液增加
- 手臂和後頸汗毛豎起
- 手指因為需要觸碰對方而發疼或發麻
- 呼吸加速，或喘不過氣
- 對觸感和質地極度敏感
- 胸口翻攪，甚至微微疼痛
- 頭暈

- 心臟附近感到晃動，劇痛
- 愉悅地打顫
- 神經末端騷動發麻
- 身體渴望對方（人）觸碰

心理反應

- 在意欲求目標的氣味
- 聚焦於目標最吸引人的特質
- 隔絕旁騖，專注於對象或自己的需求
- 渴望消弭與目標的距離
- 需要碰觸和探索
- 空想或幻想欲求的對象
- 決心持有或擁有
- 不耐煩

- 失去控制
- 設下目標，以達到目的
- 利用機會或完成挑戰，好證明自己夠資格
- 想照顧對方，優先考量對方的需求

極度或長期欲求的徵狀

- 碰撞、推動或擠開別人，以接近目標
- 為了達到目標，願意吃苦耐勞
- 不在乎他人的想法或感受
- 想法偏執
- 將生活重心放在與對方在一起
- 忽略朋友、家人、工作和其他興趣
- 專注於自我成長、學習或導向成功的目

標

- 為了讓對方滿意或印象深刻，而革除壞習慣或缺點

掩飾欲求的徵狀

- 短暫撇開頭
- 假裝對別的事有興趣
- 裝出與他人對話的樣子
- 檢視或假裝考慮其他目標
- 朝其他對象笑
- 強迫自己慢下步伐，別衝向對象身旁

進一步可能引發的情緒

仰慕（參見第82頁）、愛戀（參見第240頁）、決心（參見第124頁）、羨慕（參見第228頁）、忌妒（參見第132頁）

寫作小撇步

情緒永遠會導致決定，無論是好是壞，決定都會推動劇情進展。

羞辱

[humiliation]

【定義】

遭到輕視或污辱，感到一文不值或廉價

身體外部反應

- 身體內在崩潰
- 低垂著頭
- 肩膀往胸前蜷曲
- 上身轉離他人
- 忍不住打哆嗦或發抖
- 頭髮披散在臉前，遮住眼睛
- 視線朝下
- 面紅耳赤
- 胸口劇烈起伏
- 雙眼混沌無神
- 拉低衣服下襬（意圖遮蔽）
- 防護身體（假如手上握有東西）
- 雙手抓緊肚子

11
劃

- 用手遮住臉
- 下唇或下巴顫抖
- 嗚咽
- 喉頭跳動
- 雙臂垂在兩側，動也不動
- 控制不住淚水
- 聽到聲響或被觸碰就縮起身子
- 蜷縮，蹲下
- 試圖用手遮住身體
- 脖子往前彎
- 動作緩慢斷續
- 膝蓋緊靠在一起
- 動作無法協調
- 冒冷汗

- 踉蹌蹣跚走動
- 背靠著牆，滑進角落，躲起來
- 明顯可見身體逐處發抖
- 雙手緊抓手肘
- 內八（腳尖朝內）
- 啜泣聲卡在喉頭
- 將膝蓋拉近身體核心
- 雙臂環抱自己
- 流鼻水

內部感受

- 雙腿發軟
- 心跳遲緩
- 胸痛

- 快速吞口水
- 頭昏，暈眩感
- 肋骨往內壓
- 身體感覺支離破碎
- 肌膚繃緊（起雞皮疙瘩）
- 肌肉鬆弛
- 雙眼和臉頰發燙
- 反胃

心理反應

- 自我厭惡
- 思緒渙散
- 感覺赤裸裸被曝露出來
- 比起其他事，更需要躲起來或逃離
- 不計一切只希望能結束

極度或長期感到羞辱的徵狀

- 蜷曲在地上
- 躲在東西後方或旁邊
- 哭泣，哭鬧，抽抽噎噎啜泣
- 願意用任何方式逃走
- 渴望死去，讓痛苦的情緒結束

掩飾感到羞辱的徵狀

- 身心麻木
- 變得被動疏離
- 不再思考正在發生的事
- 不說話或發出聲音

- 將思緒「送到別處」
- 身心分離

進一步可能引發的情緒

憂鬱（參見第268頁）、後悔（參見第148頁）、羞愧（參見第188頁）、生氣（參見第66頁）、怨恨（參見第144頁）

寫作小撇步

增添矛盾的情緒，可以豐富讀者的情緒體驗。例如角色買了第一輛車，可能感到興奮又驕傲，但又擔心金錢上負擔過重。在讀者眼中，內心衝突會讓角色顯得更有人性。

寂寞

[loneliness]

【定義】

有遭到疏離或拋棄的感覺

身體外部反應

- 眼神渴望
- 不在乎自己的外表（衣著乏味，頭髮無光澤）
- 肩膀下垂，姿勢癱軟
- 聲音單調
- 走在外頭時看地上
- 偷偷看人
- 臉部毫無表情
- 不笑
- 陰沉
- 待人慷慨，以博得好感
- 監看或偷聽別人，藉此感到歸屬
- 行程排滿工作，或當義工，免得閒下來
- 把書、網路和電視當成逃避的工具

- 他人表露好感時表情崩潰
- 抱住自己肚子
- 沒有眼神交會
- 虛張聲勢
- 流淚，悲傷
- 重重嘆氣
- 自言自語
- 看到信箱滿了而感到安慰（即便都是垃圾信件）
- 撫摸自己（為了肢體接觸而不自覺摩擦手臂）
- 挑選亮麗或古怪的衣服，試圖吸引注意
- 特別照顧某人或某物（鄰居、寵物）
- 想與人聯繫，因而和陌生人說話

- 熱愛能說話或與別人互動的機會（例如郵差送信來）
- 與他人說話時喋喋不休
- 堅守固定的例行生活（吃同樣的餐點，去同一個公園）
- 透過另一個自我或替身過活（社群網站、遊戲）

內部感受

- 喉嚨緊縮，表示要哭了
- 強烈渴望到身體發痠疼痛
- 失眠
- 疲憊

心理反應

- 避開人群、大型活動或社交場合
- 渴望被接納、需要
- 生氣，苦悶
- 幻想自己想認識的人
- 感到一文不值

極度或長期寂寞的徵狀

- 懷疑自己，缺乏自信
- 體重增加
- 認為自己很醜
- 覺得自己一文不值
- 無法控制突然大哭
- 覺得永遠無法改變而絕望
- 高血壓
- 工作狂傾向
- 為了補償而狂歡（吃東西，喝酒，逛街）
- 大量養寵物
- 想自殺

掩飾寂寞的徵狀

- 太快獻身於對自己有興趣的人
- 比起獨自一人，寧可選擇惡劣的關係
- 待人太和善，反而顯得急迫
- 經常打電話給家人或朋友
- 獨自行動，顯得渴望與人接觸（在陽台上看人）

進一步可能引發的情緒

悲傷（參見第 224 頁）、傷痛（參見第 236 頁）、憂鬱（參見第 268 頁）、放棄（參見第 136 頁）

寫作小撇步

角色絕不會隨便做出肢體動作。角色做的每件事都應該有特殊目的：也就是達成目標、揭露情緒或刻畫個性。

偏執

[paranoia]

【定義】

過度或不合理地懷疑及 / 或不信任他人

身體外部反應

- 容易受驚；眼神飄忽
- 咬緊牙關
- 安全措施過多（多幾道鎖，看門狗，監視器）
- 雙手亂動停不下來
- 表情驚奇
- 睡不安穩，翻來覆去
- 失眠
- 舉著雙手倒退
- 畏縮
- 似乎不常眨眼
- 雙手緊緊抱胸
- 低聲喃喃說話，自言自語
- 不自主地搔抓

- 流汗；眼冒血絲
- 進入房間就馬上尋找出口
- 格外需要保持個人空間
- 依賴咖啡因飲料或藥物來保持警戒
- 缺乏日曬而皮膚蒼白
- 外表憔悴
- 指控無辜的人計畫或進行惡作劇
- 臉部抽搐，肌肉跳動
- 步伐快速不穩定
- 總是回頭看，或探頭瞥向轉角另一端
- 體重下滑
- 拉扯衣服，彷彿被衣服磨痛
- 認同邊緣團體和陰謀論者
- 信奉古怪的信仰和想法

- 容易覺得被冒犯
- 急於辯護
- 口頭攻擊自己認定的對手
- 高談愚蠢或不理性的論點
- 引述不可信的參考資料
- 不管多古怪，仍固執遵從自己的信念
- 傾向追求完美
- 強迫症作為
- 拒絕別人準備的食物或飲料

內部感受

- 感受極為敏銳
- 疲憊
- 肌肉永遠緊繃，準備攻擊或逃跑

- 觸覺和聽覺敏感
- 心跳加速
- 神經和皮膚反應敏感
- 大量分泌腎上腺素，易受驚

心理反應

- 處處看到危險跡象
- 太快下判斷
- 自我重要性膨脹
- 回應不理性，跳到不合理的結論
- 缺乏睡眠而精神疲憊
- 幻視幻聽
- 缺乏信任而無法與他人連結
- 總是想到最糟的狀況
- 負面思考模式
- 感覺遭到監視或跟蹤
- 深信所有人都被矇騙了
- 為了保障安全而遵奉迷信

極度或長期偏執的徵狀

- 懷疑自己會被攻擊，為了防範而聯絡主管機關協助
- 無法維持長久關係
- 孤獨；完全與現實脫節
- 生活不留下任何紀錄
- 認為自己不需要遵守社會規範
- 狂怒
- 產生幻覺，驚慌失措，恐懼症發作，精

神病

掩飾偏執的徵狀

- 避開社交場合
- 試圖與人來往，但眼神謹慎飄忽
- 同意任何事，試圖「融入團體」
- 觀察他人，模仿別人動作，以顯得正常
- 笑容僵硬瘋狂
- 聲音尖銳，或笑聲古怪
- 吃藥或尋求治療

進一步可能引發的情緒

恐懼（參見第156頁）、生氣（參見第66頁）、暴怒（參見第272頁）、怨恨（參見第144頁）、走投無路（參見第120頁）

寫作小撇步

對話的重點未必是角色說的內容，而是說的方式。（有時角色努力不說的才是重點！）

羞愧

[shame]

【定義】

因行為可恥或不當而產生的感覺；

恥辱

身體外部反應

- 臉頰發燙
- 癱倒在椅子或沙發上
- 雙手雙腳縮近身體核心
- 喃喃說「我做了什麼好事？」或「我怎麼會讓這種事發生？」
- 用頭髮遮住臉
- 把鴨舌帽壓低
- 雙手壓住臉頰
- 下巴低靠著胸口
- 雙眼淚濕
- 表情空洞
- 無法對上他人視線
- 遭到仔細檢視便崩潰

- 發抖，打顫，打哆嗦
- 肩膀聳起
- 總是無精打采
- 流淚
- 排拒性的姿勢（雙手抱胸，縮小身體，撇開頭）
- 手掌壓著嘴唇，以免哭出來
- 搖頭
- 發出無法控制的呻吟
- 拳頭捶大腿，以發洩挫折感
- 為了轉移怒氣或過錯，而攻擊他人
- 手臂垂在兩側
- 呼吸哽咽
- 下巴顫抖
- 護住身體，側身避開見證自己可恥一面的人
- 拉扯衣服，彷彿能讓自己隱形一些
- 破壞自己的東西
- 對自己的外表不感興趣
- 尋找重振自尊的第二次機會（奉承，哀求，跟隨他人）
- 撒謊或盡可能保守可恥的秘密

內部感受

- 對噪音、群眾和活動極度敏感
- 類似感冒的症狀（反胃，流汗，胸口發麻）
- 膝蓋發軟

- 喉嚨緊縮
- 臉龐發燙發麻
- 身體顫抖

心理反應

- 打算逃走
- 和親朋好友斷絕往來
- 避開熟悉的地方和活動
- 自我厭惡，苛責自己，生氣，厭惡自己的所作所為
- 冒險的行為，希望有事情發生，能平衡
- 否認
- 完全喪失自信
- 渴望不被注意或發現

極度或長期感到羞愧的徵狀

- 暴力對待自己（抓，割，拉頭髮）
- 憂鬱
- 濫用藥物
- 飲食失調
- 性行為增加
- 驚慌失措
- 焦慮失調
- 事求完美，好平衡令人羞愧的原因
- 尋求權力，做為自我肯定
- 否認，將過錯怪罪給他人
- 自殺
- 陷入暴力關係
- 試圖改變自己的外表

- 認為自己應該受苦
- 為了贖罪而拒絕他人幫忙

掩飾羞愧的徵狀

- 總體來說，羞愧是很私密的情緒。人永遠都想掩飾羞愧感，因此羞愧的描繪都是自然掩飾後的樣貌。

進一步可能引發的情緒

憂鬱（參見第 268 頁）、羞辱（參見第 176 頁）、懊悔（參見第 292 頁）

寫作小撇步

描述每種情緒時，都有許多身體以外、體內和心理反應可用。透過你對角色的瞭解，過濾可用的描寫方式。假如不想偏離角色設定，不訪問問自己：「我的角色會這樣反應嗎？」

陰沉

[somberness]

【定義】

態度陰鬱或憂悶

身體外部反應

- 姿勢靜止不動
- 聲音缺乏情緒，說話時毫無表情
- 表情凝重
- 態度悲傷或嚴肅
- 手在大腿上交疊
- 靜靜坐著
- 肢體語言放鬆，但不歡迎人（排拒）
- 習慣往下看
- 表情若有所思
- 開口前稍微猶豫，彷彿要字斟句酌
- 陰沉或沉重的觀察
- 感染到別人的陰鬱情緒影，沒什麼活力，讓人情緒低落
- 神色內省，或視線放空

- 姿勢不拘謹
- 對空氣說話，不與他人對上眼
- 手鬆垮垮地握在背後，往下看
- 走路緩慢
- 臉部平靜，沒有表情
- 雙臂雙腿靠近身體
- 動作精準到位
- 不苟言笑，不幽默
- 精心選用字語
- 對刺激（笑聲，興奮之事，活動）沒有反應
- 選擇邋遢、單調的衣服
- 嘴角苦悶地扭曲
- 態度鎮靜，只做最基本或有效率的動作
- 眼神陰沉或嚴肅
- 安靜得不自然
- 面露沉思
- 食不知味，或吃了卻沒有很享受

內部感受

- 疲憊，缺乏活力
- 四肢或肌肉沉重
- 感覺頹喪
- 呼吸緩慢平穩

心理反應

- 壓抑自我
- 對未來展望悲觀
- 渴望獨處
- 難以加入對話
- 自己在心中尋找答案，不詢問他人

極度或長期顯得陰沉的徵狀

- 接受負面結果或事實
- 對嗜好或娛樂活動不感興趣
- 憂鬱，鬱悶
- 避開看法不同的人
- 無法關注他人（小孩，家人）的需求
- 對於目標、慾望，或即將發生的事件無動於衷

掩飾陰沉的徵狀

- 強顏歡笑
- 太常微笑
- 笑容很快消失
- 同意參加愉快的社交場合，卻又爽約
- 眼神不帶笑意
- 用嚴肅的語調說輕鬆的話
- 僅為了外表添加裝飾品（別針、漂亮帽子、亮眼圍巾）

進一步可能引發的情緒

憂鬱（參見第268頁）、放棄（參見第136頁）

寫作小撇步

假如你筆下描寫的這一幕當中，安排了角色人物的思緒飛回過去，想起和當下事件有關的資訊，請確保這樣的安排帶有情緒成分。情緒可以激起回憶，把過去和現在連結起來。

猜疑

[suspicion]

【定義】

幾乎沒有證據，卻懷疑某件事有誤

身體外部反應

- 瞇起眼，斜眼看
- 轉身偏離猜疑對象
- 眉頭深鎖
- 肌膚泛紅
- 刻意低頭觀察或盯著人看
- 手臂緊靠身體
- 偷瞄猜疑的對象
- 避免直接互相對上眼
- 假笑
- 偷偷摸摸打探
- 偷聽
- 跟在猜疑對象後面
- 保持安全距離

- 分析對方的態度和外表
- 裝得若無其事，避免對方注意（雙手插口袋）
- 蹲下或向前傾，才能靠近卻不被看見
- 嘴唇抿平
- 將所猜疑對象的活動和動作紀錄下來（例如筆記、照片）
- 咬緊牙關
- 頭歪一邊，心中評估證據
- 語帶衝突：「你在這裡做什麼？」或「你想幹嘛？」
- 質問時伸出手指頭指著對方
- 公然表示不信任
- 雙臂抱胸

- 雙腿大張站著
- 提高聲量
- 試圖說服他人猜疑對象有問題
- 大動作（說話時揮手，伸手指細數論點）
- 左右搖擺
- 與猜疑對象爭吵
- 來回踱步
- 咬嘴唇內側
- 諷刺地說：「我的輪胎被刮破的時候，你這麼巧就在附近？」
- 詢問別人，好蒐集資訊
- 上網搜尋猜疑對象

內部感受

- 呼吸加速
- 腎上腺素狂飆
- 心臟撲通撲通跳
- 直覺產生反擊或逃走反應
- 胃部打結
- 質問猜疑對象時感到解脫

心理反應

- 專心聆聽，希望逮到猜疑對象在撒謊
- 暗自檢視當前狀況的所知訊息
- 想要保護自己和他人不受對方傷害
- 自我懷疑，害怕別人覺得自己的擔心不合理
- 細心準備論點或攻擊計畫
- 評估當下狀況的危險程度

極度或長期猜疑的徵狀

- 過度在意猜疑對象
- 跟蹤
- 陷害猜疑對象，希望對方會露出原貌
- 試圖公然詆毀猜疑對象的信用，或勒索對方
- 聯絡相關主管機關，表示擔心
- 幻想猜疑對象終於露出馬腳的那一天

掩飾猜疑的徵狀

- 稍微點頭
- 回答「嗯」，而非明顯同意
- 聲音語調單調
- 回答不做承諾
- 避開猜疑對象
- 同意得太快、太大聲
- 過度支持地說：「我百分之百支持你」、「我完全同意」
- 動作緊張（咬指甲，扭動襯衫鈕釦，摩擦脖子）
- 後退遠離猜疑對象，不加入他的朋友圈
- 盡量少跟猜疑對象在一起，再找藉口離開

進一步可能引發的情緒

懼怕（參見第320頁）、焦躁（參見第200頁）、生氣（參見第66頁）、偏執（參見第184頁）

寫作小撇步

雖然作者會忍不住讓角色在對話中直接討論情緒，但這樣安排會使讀者心中起了疑心。你在現實生活中不會說的話，就別讓筆下角色說。

焦躁

[agitation]

【定義】

感到心煩或紛亂；躁動不安的樣子

身體外部反應

- 臉逐漸變紅
- 臉頰、下巴和額頭微微冒汗
- 雙手動作猛然搖晃
- 摩擦後頸
- 拍打口袋，或在錢包裡翻找不見的東西
- 急忙而顯得笨拙（撞倒東西，撞上桌子）
- 視線四處亂飄
- 無法靜止不動
- 毫不在乎地亂塞東西
- 突然而來的動作（把椅子弄倒，或大聲拖著腳在地板上走路）
- 揮動雙手
- 容易出意外（例如屁股撞上桌角）

- 一直用手劃過空中
- 忘記要說的話，無法清楚表達想法
- 試圖收回情急之下說出的話
- 調整自己的衣服
- 避免與他人眼神接觸
- 聲音飄忽
- 不知道該看哪裡、該去哪裡
- 守護自己的個人空間
- 要等非常久才回答問題或答覆
- 清喉嚨
- 過度使用「呃」、「啊」及其他贅字
- 遠離他人
- 喉結跳動
- 來回踱步
- 喉嚨發出怪聲
- 嘴唇快速移動，試圖判斷該說什麼
- 被碰到時退縮
- 把他人的讚美打折扣
- 替自己搧風
- 解開襯衫第一顆鈕子
- 拉扯領帶、領口或圍巾

內部感受

- 唾液分泌過多
- 感到過熱
- 後頸汗毛直豎
- 頭暈
- 呼吸短促

- 流汗
- 汗水黏在肌膚上覺得發癢

心理反應

- 挫折感累積，造成腦袋空白
- 一錯再錯
- 傾向撒謊來掩飾事實或當成藉口
- 生氣自己腦袋當機
- 試圖找出造成不安的原因
- 暗自命令自己冷靜、放鬆

極度或長期焦躁的徵狀

- 逃走反應（尋找逃脫路線，或從房間奪門而出）
- 對別人大吼，或用警戒語氣
- 瘋狂找東西時亂丟紙張和檔案

掩飾焦躁的徵狀

- 轉移話題
- 找藉口
- 開玩笑以舒緩氣氛
- 忙著做雜事，避免面對情緒的源頭
- 將注意力轉移到他人身上，使他們成為焦點

進一步可能引發的情緒

惱怒（參見第208頁）、挫折（參見第164頁）、焦慮（參見第216頁）、生氣（參見第66頁）

寫作小撇步

時間一分一秒流逝能推升任何場景的情緒。角色趕著完成任務或滿足需求時，匆忙之下犯的錯將帶來更豐富的情感體驗。

痛苦

[anguish]

【定義】

承受情緒或精神壓力；嚴重受苦

身體外部反應

- 激動地來回踱步
- 喃喃自語
- 摩擦後頸
- 前後搖晃
- 拉扯頭髮
- 不吃不喝
- 明顯流汗
- 眼周皮膚皺起，眼神痛苦
- 雙手握拳
- 摩擦手腕或扭動雙手
- 手指停不下來
- 聽到聲響便嚇得跳起
- 磨牙

- 咬緊牙關
- 四處走動，無法待在同一個地方
- 肌肉在肌膚下跳動
- 脖子緊繃
- 腳趾彎起
- 反覆觸摸象徵安全的物品
- 聲音和語調中聽得出壓力
- 用手指摳嘴唇、肌膚或指甲
- 緊抓自己
- 發抖，呻吟
- 啜泣或流淚
- 大叫或大喊
- 不斷查看時間
- 向主管單位尋問最新狀況
- 肩膀向胸口彎下
- 將雙腿拉近身體核心
- 哭泣，嚎啕大哭，哀求幫忙
- 遠離他人
- 在密閉空間中尋找角落
- 摩擦雙臂或雙腿
- 捶打牆壁或周圍事物

內部感受

- 反胃
- 肌肉痠痛、僵硬、抽筋
- 喉嚨深處發疼
- 吞嚥困難
- 體溫上升

心理反應

- 無法理性思考
- 祈禱，討價還價
- 相信保證結果正向的任何事
- 專注於自己受苦的原因
- 為了發散情緒，願意拿生命冒險

極度或長期感到痛苦的徵狀

- 尖叫著尋求解脫
- 外表憔悴，日漸消瘦
- 提早衰老
- 姿勢扭曲或不穩
- 嘔吐或乾嘔
- 過度換氣
- 臉色蒼白，黑眼圈
- 眼睛和嘴巴周圍皮膚鬆弛，出現皺紋
- 依賴酒精、毒品或藥物
- 掉髮
- 臉部痙攣或反覆動作（拉扯頭髮，晃動身體）
- 切割、搔抓或其他自殘行為
- 憂鬱
- 自殺

掩飾痛苦的徵狀

- 臉部皺起
- 咬牙
- 不自主發抖，雙手顫抖

- 筋肉緊繃
- 動作偷偷摸摸
- 隱藏展露情緒的動作，例如扭手
- 咬指甲，指甲肉流血
- 嘴角下垂，或抿緊嘴唇
- 試圖忍住嗚咽或呻吟
- 呼吸沉重或顫抖
- 幾乎不說話（以單字回答，搖頭或點頭）
- 一直抽菸或酗酒
- 肌膚蒼白

進一步可能引發的情緒

走投無路（參見第 120 頁）、憂鬱（參見第 268 頁）

寫作小撇步

勇於挑戰角色的道德極限。把角色推出舒適圈會害他／她坐立不安，讀者也會跟著坐立不安。

惱怒

[annoyance]

【定義】

惱火或稍顯不快

身體外部反應

- 表情憔悴
- 重重或誇張地嘆氣
- 顯示不耐煩的發言：「好啦，我做就是了」
- 瞇起雙眼
- 雙手抱胸
- 觸摸腳，坐立不安
- 對著空氣拍打
- 小動作（前額跳動的血管，手指扯動領口）
- 嘴唇抿成發白的直線
- 咬緊牙關
- 愁眉苦臉，冷笑，皺眉頭
- 抱怨
- 雙臂抱在胸前

- 雙手短暫握緊
- 提出尖銳的建議，以舒緩惱怒的感覺
- 拉扯衣服（拔掉袖扣，硬拉起拉鍊）
- 頭歪向一邊，然後搖頭
- 挑起眉毛，用無神的雙眼看著
- 視線向上飄
- 微微搖頭
- 改變姿勢（移動重心或位子）
- 用一隻拳頭撐著頭
- 雙手捧頭
- 張嘴準備批評，然後突然停止
- 深吸一口氣，接著屏住氣
- 手指敲打桌面
- 笑容消失，或顯得虛假

- 用過大的力道折斷鉛筆尖
- 來回踱步
- 稍微挖苦
- 提問的答案再明顯不過
- 語調尖銳
- 用簡短的詞彙說話
- 脖子、肩膀和手臂明顯緊繃
- 姿勢僵硬，脖子青筋抽動
- 摩擦眉頭，彷彿想抹去頭痛
- 避開使自己惱怒的人或物
- 把拳頭抵在嘴前

內部感受

- 頭痛
- 脖子或下巴僵硬
- 體溫上升
- 對噪音敏感

心理反應

- 想開口罵人
- 注意力不集中
- 想找藉口離開
- 在腦中惡意比較
- 希望自己不在現場

極度或長期惱怒的徵狀

- 臉部漲紅
- 粗魯地對待對方
- 搶走別人的工作或該做的分內之事
- 磨牙
- 雙手舉起，做出投降的動作
- 憤而大步離開，去喘口氣
- 封閉自我，不說話不回應
- 將他人拉進當前的狀況，好分散注意力，讓自己離開

掩飾惱怒的症狀

- 僵硬點頭，彷彿忍住沒有出口不遜
- 轉做另一件事，不讓雙手和腦袋閒下來
- 全力工作，轉移精力
- 刻意留在害自己惱怒的原因附近
- 假裝感興趣，勉強掩飾不耐煩的情緒
- 小心控制聲音和語調
- 試圖忽略問題，而將視線聚焦在別處

進一步可能引發的情緒

挫折（參見第 164 頁）、生氣（參見第 66 頁）

寫作小撇步

別堅持安排角色人物用眼神傳達情緒。雖然現實生活中，我們通常先注意到別人的眼睛，但眼睛表達情緒的選項極為有限。請更進一步，透過肢體動作、行為和對話呈現角色的反應。

期待

[anticipation]

【定義】

充滿期盼；熱切地等待

身體外部反應

- 手掌冒汗
- 雙手發顫
- 反覆翹起二郎腿又放下
- 瘋狂為活動做計劃
- 寫清單
- 雙手撫住胸口
- 無法思考或談論其他事情
- 坐立難安，彷彿動起來能讓時間過得更快
- 踮腳上下跳
- 眼神澄澈，與他人或環境互動
- 大驚小怪擺弄衣服，重新整理東西
- 在窗邊等候，在門前或電話旁徘徊
- 對著鏡子不斷檢查頭髮或妝容

- 與他人聊八卦，分享興奮心情，咯咯笑
- 閉上眼睛尖叫
- 一隻腳抵著門不安地抖動
- 遮住臉，然後從指縫偷看
- 咬住嘴唇
- 假裝昏倒
- 問問題：「多久？」「什麼時候？」「什麼事？」
- 潤濕嘴唇
- 閉上眼睛嘆息
- 來回踱步
- 動作有節奏（例如前後晃動雙腿）
- 迫切查看時間
- 不斷檢查電子郵件
- 打電話或傳簡訊給朋友，談論即將發生的事
- 抓住另一個人說：「告訴我！」
- 向前傾
- 太興奮而吃飯心不在焉
- 哀求他人透漏細節、答案，或讓自己看一眼

內部反應

- 胃部攪動、空虛的感覺
- 喘不過氣
- 心臟撲通撲通跳
- 全身發麻

心理反應

- 做白日夢
- 渴望事事完美
- 擔心發生什麼事毀了一切
- 無法專心
- 想像會發生什麼事
- 喜歡批判自己（懷疑自己的穿衣品味、能力）

極度或長期期待的徵狀

- 缺乏睡眠
- 挫折或不耐煩
- 火爆，易怒
- 忽略其他事情（責任、朋友、家人）
- 幻想期待的事，誇張到超乎現實
- 想太多（例如計畫所有微小細節）
- 準備過頭（例如穿著過於正式）

掩飾期待的徵狀

- 異常平靜地坐著
- 抿緊嘴唇
- 在衣服上擦拭冒汗的手
- 假裝讀書或看電視
- 脖子暴露青筋
- 緊握雙手
- 避免與人對話
- 偷瞄時鐘或門口
- 裝作無聊

- 告訴自己無所謂
- 裝出對其他事物有興趣
- 轉動肩膀和脖子，彷彿很痠
- 改變話題

進一步可能引發的情緒

興奮（參見第284頁）、忌妒（參見第132頁）、失望（參見第74頁）

寫作小撇步

假如幫你審稿的人無法理解你筆下角色人物的情緒反應，請先確認你有沒有清楚交代激起情緒反應的原因。若想寫實傳達情緒，因果關係的呈現非常重要。

焦慮

[anxiety]

【定義】

心裡恐懼不安；預知有事要發生的感覺

身體外部反應

- 摩擦後頸
- 雙手抱胸，形成防範他人的壁壘
- 站著，一手握住另一隻手肘
- 緊抓錢包、外套或其他物品
- 擰動雙手
- 轉動手錶或戒指
- 搔抓身體
- 不斷舉手去摸自己的臉
- 撫弄項鍊
- 晃動肩膀
- 單腳跳
- 瞥看時鐘、電話或門口
- 摀著肚子

- 握緊雙手
- 站在原地晃動
- 扭動脖子，彷彿很痠
- 咬嘴唇或指甲
- 搖頭
- 動來動去，怎麼樣都不舒服
- 連續短促吐氣，好控制自己
- 探進錢包或口袋，不讓手閒下來
- 容易分心
- 彷彿因為衣服磨擦到身體而動手調整
- 摩擦雙手
- 無法進食
- 摩擦手臂，四處張望
- 用彎曲的指節彈觸嘴巴

- 視線閃爍
- 越來越注意周遭環境
- 易受噪音驚嚇
- 用力吞口水
- 不停檢查手機訊息
- 不耐煩
- 祈禱

內部感受

- 感到太熱或太冷
- 雙腳躁動
- 暈眩
- 胃絞痛
- 越來越口渴

- 四肢發麻
- 胸口緊繃
- 呼吸加速
- 感覺五臟六腑打顫

心理反應

- 想到最糟糕的狀況
- 怪罪自己
- 向他人尋求保證
- 感覺時間越過越慢
- 在幽閉空間感到不舒服
- 不合理的擔心
- 重複思考導致焦慮的事件

極度或長期焦慮的徵狀

- 大量流汗
- 外表疲憊
- 悄聲自言自語
- 坐在椅子上前後搖動
- 心臟悸動
- 驚慌失措
- 過度換氣
- 產生類似害怕、恐懼症或強迫症的症狀

掩飾焦慮的徵狀

- 假笑
- 避免與別人對話
- 找地方獨處

- 做些事好顯得正常（點餐卻不吃）
- 假裝對附近的事物感興趣
- 閉上眼睛，試圖保持鎮定
- 撫順或梳理頭髮，安撫自己

進一步可能引發的情緒

恐懼（參見第 156 頁）、走投無路（參見第 120 頁）、偏執（參見第 184 頁）

寫作小撇步

找出每個場景要展現的情緒，並想出三個表達的方法……你用了哪三種口語和非口頭溝通方式強調角色的感受？

窘迫

[embarrassment]

【定義】

自知不自在而難以冷靜

身體外部反應

- 紅暈爬上臉頰
- 明顯流汗
- 身體僵在原地
- 皺起臉或吞口水
- 耳朵變紅
- 下巴下垂
- 胸口後縮
- 脊椎彎曲
- 手環住腰
- 拖著腳
- 清喉嚨
- 咳嗽
- 遮掩自己（雙手抱胸，拉起外套）

- 拉扯領口
- 摩擦後頸
- 畏縮
- 雙手蓋住臉
- 縮瑟或發抖
- 扭動、蠕動身子
- 結巴，口吃
- 被碰時後縮
- 聲音虛弱
- 說不出話
- 腳趾蜷起
- 膝蓋靠攏
- 手臂緊貼兩側
- 滑下椅子

- 往下看，無法對上別人的視線
- 肩膀下垂或往前彎曲
- 反應憤怒（推擠，揍人）
- 咬牙，嘴唇緊閉
- 手塞進口袋
- 把玩襯衫袖子
- 用書遮著
- 防護自己（緊抓著錢包）
- 慢走加速成快跑
- 用頭髮遮住臉
- 四處張望，尋找協助、出口或逃跑路線
- 拉低帽子，或將帽兜戴在頭上
- 下顎顫抖

內部感受

- 用力吞口水
- 頭暈
- 肌肉發麻，沿著後頸而上、橫跨臉龐
- 胸口緊縮
- 胃部僵硬，或因為畏懼而感覺下沉
- 臉、脖子和耳朵感到非常燙
- 呼吸急促
- 心跳飛快

心理反應

- 迫切想逃（反擊或逃跑反應）
- 思緒混亂或恐慌
- 難以相信，拒絕接受：「不可能發生這種事！」
- 在腦中尋找解答

極度或長期窘迫的徵狀

- 哭泣
- 逃離房間或當前狀況
- 自尊瞬間下滑
- 害怕演講或出現在眾人面前
- 脫離團體、活動和社交場合
- 喪失食慾
- 過度在意自己丟臉的事件，不斷重複回顧
- 睡眠品質差
- 體重下滑

掩飾窘迫的徵狀

- 假裝沒聽到或看到
- 聚精會神在別的事情上，刻意忽略其他事
- 假笑
- 假裝笑笑就沒事了
- 盡可能轉換話題
- 撒謊
- 轉移注意，怪罪別人

進一步可能引發的情緒

羞辱（參見第 176 頁）、憂鬱（參見第 268 頁）、後悔（參見第 148 頁）、羞愧（參見第 188 頁）

寫作小撇步

小心，不要隨便用哭泣呈現情緒。現實生活中，要發生很多事才會讓人想哭，你筆下的角色也不例外。

悲傷

[sadness]

【定義】

傷心或不快樂的樣子

身體外部反應

- 哭泣
- 臉或眼睛浮腫
- 眼睛發紅
- 妝花了
- 臉上皮膚花花的
- 吸鼻子，擦鼻子
- 皺起臉
- 肩膀低垂
- 聲音哽咽或破碎
- 低頭盯著手
- 姿勢佝僂
- 用掌根在胸口摩擦
- 動作協調性變差，笨拙

12 劃

- 眼神顯得遙遠或空洞
- 聲音很平、單調
- 臉部五官下垂
- 雙手摀住臉
- 手臂鬆軟，垂在兩側
- 拳頭摩擦或壓著胸口
- 雙臂交錯抓著肩膀
- 癱坐，無法坐直
- 腳步沉重
- 表情呆滯，眼睛暗淡濕潤
- 身體向前彎，頭靠在手臂上
- 舉止缺乏活力
- 下巴顫抖
- 從包包中翻找面紙

- 摸十字架或把玩珠寶，尋求安慰
- 四肢緊靠身體
- 低頭盯著空空的手
- 脊椎彎曲
- 緊抓帶來悲傷的物件
- 肩膀顫動
- 與外在世界的互動減少

內部感受

- 胸痛
- 眼瞼發紅或潮濕
- 喉嚨發癢
- 流鼻水
- 喉嚨和肺部痠痛

- 世界彷彿快轉或慢了下來
- 胸口和四肢沉重或緊繃
- 心碎或心痛
- 視線模糊
- 缺少活力
- 身體感覺冰冷

心理反應

- 難以回答問題
- 無法預知未來的走向
- 自我封閉，與世隔絕
- 渴望（透過睡覺、飲酒、他人陪伴）逃離悲傷
- 需要獨處
- 希望他人安慰
- 避開讓人悲傷的原因，否認事實
- 想要痛苦結束

極度或長期感到悲傷的徵狀

- 痛苦哭喊
- 淚如雨下，滿臉淚水
- 過度換氣，喘不過氣
- 失去食慾
- 絕望，毫無希望
- 失望

掩飾悲傷的徵狀

- 轉身離開
- 停止說話，好冷靜下來
- 深呼吸
- 咬嘴唇
- 眨眼
- 大口吸氣
- 轉換話題
- 啜飲飲料，或吃點東西
- 笑容顫抖
- 雙手互握，或抓住東西
- 一手摀住嘴巴，或摩擦著下巴
- 專心緩解他人的痛苦，而非自己的問題
- 把上廁所或拿飲料當藉口，離開去獨處

進一步可能引發的情緒

懷舊（參見第 312 頁）、憂鬱（參見第 268 頁）、寂寞（參見第 180）

寫作小撇步

寫對話時，注意角色什麼時候在「思考」，而非口頭「回答」。如果角色口中說出的話，其實是他腦中的思考內容，這樣就會造成單向、不自然的對話。

羨慕

[envy]

【定義】

怨恨地意識到他人享有某個優勢，渴望取得到那項優勢（優勢可指人、物，或無形的概念，例如人氣、生活方式等）

身體外部反應

- 直盯著看
- 怒目而視
- 嘴角下垂
- 嘴唇稍微分開
- 眼眶下緣繃緊
- 嘴巴抿成細線
- 下巴往前伸
- 瞇眼
- 稍微咧嘴露出牙齒
- 噘起下唇
- 雙手抱胸
- 肩膀稍微駝著
- 前傾靠近

- 伸手
- 鼻孔撐大
- 視線偷偷飄向羨慕的對象（那項優勢）
- 毫無理由就顯得暴躁或無禮
- 手插進口袋
- 扭動雙手
- 雙手緊握成拳
- 肌肉鼓起
- 轉身背對那項優勢，憤而離開
- 頻繁吞口水
- 手擦過衣服
- 腳和身體面向那項優勢
- 舔或吸下唇
- 雙手冒汗
- 臉龐泛紅
- 摩擦或按摩胸口，彷彿很痛
- 撫摸或捏自己的喉嚨
- 朝渴望的人或物靠近一步
- 行為偏執（跟蹤，計畫取得那項優勢）

內部感受

- 心跳飛快
- 肋骨緊緊的
- 體溫上升
- 覺得腸子有垂墜感
- 口乾舌燥
- 咬牙吸氣

心理反應

- 強烈渴望觸碰、握住和擁有
- 對於不公不義的現況感到生氣
- 對敵手產生惡毒的想法
- 挫折
- 想辦法取得對手擁有的東西
- 厭惡自己
- 幻想著那項優勢
- 無法投身或專心於其他事
- 不滿意自己有的事物
- 一種「所有權」的反應：「那是我應得的」或「那應該是我的」

極度或長期羨慕的徵狀

- 認為沒有那項優勢，人生就不值得活了
- 抓或偷垂涎的目標
- 與羨慕對象打架或爭執，以發洩挫折感
- 輕視或貶低渴求的那個優勢或對象的優點
- 思考不理性
- 提出要求：「給我」

掩飾羨慕的徵狀

- 祝賀或讚美
- 擠出笑容
- 向羨慕的對象致意並加以稱讚
- 試圖不要盯著看
- 從遠方看

進一步可能引發的情緒

決心（參見第 124 頁）、憤慨（參見第 276 頁）、生氣（參見第 66 頁）、憂鬱（參見第 268 頁）、忌妒（參見第 132 頁）

寫作小撇步

編寫打鬥場景的肢體動作時，請記得簡單便是美。太多細節感覺會像逐步解說，讀者會覺得太生硬了。

感激

[gratitude]

【定義】

感謝；覺得感恩

身體外部反應

- 眼神溫柔，隱隱發亮
- 緊握對方的手或前臂
- 用微握的拳頭拍拍心頭
- 一手擺在胸口
- 泫然欲泣
- 一手撫在心頭，然後指向一個人或一群人
- 手指壓著嘴唇微笑
- 重複道謝和讚賞
- 與對方握手的時間超乎平常
- 擁抱，表示好感
- 握手時輕捏一下
- 笑容真誠，臉都亮了起來
- 穩定的眼神交會

13~14
劃

- 攤開雙手
- 靠近，進入他人的個人空間
- 雙手擺出尖塔狀，靠在嘴唇旁
- 讚揚他人
- 聲音富含情感
- 輕觸他人，以互相連結
- 一手放在對方的背或肩膀上
- 點頭，眼睛發亮
- 給予禮物、協助，或不斷稱讚
- 朝天舉起手掌，往上看
- 褒揚
- 熱烈鼓掌
- 身體和腳朝前方
- 揮手
- 舉兩指致意
- 頭往後仰一會兒，閉上眼睛
- 鞠躬或行禮
- 飛吻
- 揮手致謝

內部感受

- 四肢溫暖發抖
- 緊繃的身體完全放鬆
- 感到胸口擴張
- 心感覺「很圓滿」
- 臉龐泛起舒服的暖意
- 膝蓋虛軟

心理反應

- 渴望回報對方的好意和支持
- 開心得不知所措
- 希望好好感受這一刻，並永遠記得這種感覺

極度或長期感激的徵狀

- 崇拜
- 跪倒在地
- 渴望做任何事回報對方
- 喜極而泣
- 感到彼此連結、互愛

掩飾感激的徵狀

- 閉上眼睛
- 垂頭掩藏表情
- 避免與他人視線接觸
- 用迅速飄忽的眼神暗中表達感謝
- 分散注意或轉移話題

進一步可能引發的情緒

滿意（參見第 260 頁）、平靜（參見第 78 頁）、快樂（參見第 128 頁）、興高采烈（參見第 280 頁）

寫作小撇步

每個場景都應該讓讀者覺得出乎意料之外，例如意外的情緒反應、足以阻撓主角的障礙，或者藉由一小段對話賦予當前事件全新的面貌。

傷痛

[hurt]

【定義】

承受悲傷或心裡痛苦；感到受傷或苦惱

身體外部反應

- 眼睛睜大，然而眉頭緊蹙
- 用力吞口水
- 低下頭，脖子似乎縮短
- 不可置信地緩緩搖頭
- 下巴顫抖
- 嘴巴大張
- 畏縮，感到吃驚
- 臉上血色消失
- 指控他人：「你怎麼可以這樣？」
- 駝著身子，彷彿吞下一聲啜泣
- 拳頭抵著嘴唇
- 咬住下唇
- 一把抓住胸口衣服

13~14
劃

- 舉起手，趕走他人
- 抱住肚子
- 身體癱軟
- 胸口劇烈起伏
- 肩膀下垂
- 膝蓋發軟
- 步伐踉蹌
- 平衡感和協調性差
- 一手壓著喉嚨或胸骨
- 結巴，哽咽說話
- 嗚咽一聲
- 眼眶泛淚
- 嘴巴張開，但說不出話
- 朝某人露出痛苦的眼神很久，接著撇開頭
- 低垂著頭
- 收回手臂，貼近上身
- 跌跌撞撞後退一步
- 倒退
- 拔腿跑走
- 一直皺著臉
- 緊抓自己，手肘夾著兩側

內部感受

- 暈眩
- 胃部沉重，反胃
- 喉嚨緊繃發疼
- 肺部收縮，難以呼吸

- 心跳似乎變慢或暫時停止
- 肌肉虛弱，四肢顫抖
- 視野中有黑點閃爍

心理反應

- 感覺時間停止
- 思緒飛躍，聚焦於內心
- 震驚，不可置信
- 挖出過去記憶，試著想瞭解怎麼會走到這一步
- 覺得心碎

極度或長期感到傷痛的徵狀

- 感覺遭到背叛，深深撼動心靈
- 姿勢崩潰
- 流淚，啜泣
- 跑開
- 憤怒的反應（尖叫、掌摑、毆打）

掩飾傷痛的徵狀

- 明顯吞嚥口水
- 身體僵硬不自然
- 緊抿著嘴唇，以免顫抖
- 身體緊繃，避免發抖
- 抬起下巴
- 強迫自己維持視線接觸

進一步可能引發的情緒

憂鬱（參見第268頁）、痛苦（參見第204頁）、生氣（參見第66頁）

寫作小撇步

若想用很自然的方式來描述角色的外表，可讓他們與周圍環境互動；在這種場景增添一些動感，就能讓角色的外表和情節的發展搭配順暢。

愛戀

[love]

【定義】

深刻喜歡、依賴他人，或為他人奉獻

身體外部反應

- 移動以靠近或接觸
- 一個人獨自微笑
- 表情愉悅，雙頰發亮
- 強烈視線交會，很少眨眼
- 專注於對方最好的特質
- 享受似的大口深呼吸
- 表情熱切，說「我愛你」
- 舔嘴唇
- 下意識分開雙唇
- 步伐輕盈跳躍
- 清喉嚨，吞口水
- 咧嘴愚蠢地笑，大笑
- 靠著彼此

- 躺在對方大腿上
- 用暱稱或表示愛意的詞彙
- 對著照片或代表戀愛對象的事物幻想
- 聽情歌並感同身受
- 與對方聯絡時，用深陷愛河的愚蠢聲音
- 表現緊張（扭動雙手，舔濕嘴唇）
- 調情，或說個不停
- 身體和腳朝向戀愛對象
- 打鬧般推擠抓握
- 分享祕密和欲望
- 深情觸碰（撫摸手臂，牽手，接吻，擁抱）
- 坐在一塊兒，兩人的腿相碰
- 手臂環著對方肩膀

- 調整嗜好或興趣，配合對方
- 手勾著對方的皮帶或口袋
- 為了與重要的伴侶在一起，忽略或疏忽其他朋友
- 寫小紙條或詩給對方
- 給予對方時間、重視或關懷做為禮物
- 與朋友談論這特別的人，尋求建議
- 迫切檢查手機，看愛戀對象有沒有打來
- 不停互傳簡訊
- 塗鴉愛心和名字
- 為了改善外表而減肥或運動
- 看愛情電影

內部感受

- 胃部顫動，感覺空空的
- 脈搏加速
- 心臟撲通撲通跳，衝撞胸口
- 極度注意自己的身體
- 膝蓋或雙腿發軟
- 不小心碰觸對方時，感到發麻或觸電
- 舌頭打結

心理反應

- 狂喜，享受觸碰和親密接觸
- 感謝世界和世上一切
- 與對方在一起時忘卻時間
- 頭腦模糊，容易分心，做白日夢
- 與戀愛對象在一起時，無法注意到周遭環境
- 想辦法讓所愛之人感到驕傲
- 太久沒有聯絡會擔心
- 佔有慾，忌妒
- 在一起感覺安全、完整

極度或長期感到愛戀的徵狀

- 交換個人物品（衣服、飾品、鑰匙）
- 接納戀愛對象的朋友為自己的朋友
- 共享錢財和財產
- 受苦受難，只為了與戀愛對象在一起，或讓對方開心
- 優先考量對方的需求和欲望

- 親密關係
- 分享希望和夢想，向對方敞開心靈
- 規劃未來時，以戀愛對象為中心
- 同居，認真的關係，結婚

掩飾愛戀的徵狀

- 面紅耳赤
- 聲音尖銳
- 緊張地笑或咯咯笑
- 站得近卻沒有接觸
- 視線飄忽
- 保持安全距離觀望
- 越發好奇對方的個人生活
- 強硬地宣稱什麼都沒發生：「我們只是朋友」
- 對方走進房間時，臉明顯亮了起來

進一步可能引發的情緒

平靜（參見第 78 頁）、滿意（參見第 260 頁）、欲求（參見第 172 頁）、仰慕（參見第 82 頁）

寫作小撇步

描述場景時，句子結構尤其重要。不同長度的句子能保持劇情節奏，讓感官細節活靈活現，避免「單調報告」的感覺。

解脫

[relief]

【定義】

排除或減輕造成壓迫的壓力來源

身體外部反應

- 一手摀住嘴巴
- 搖頭並閉上眼睛
- 驚呼
- 雙手顫抖
- 探向他人尋求安慰
- 姿勢癱軟
- 緩緩微笑
- 用幽默舒緩氣氛
- 笑聲顫抖
- 癱靠著牆壁或人
- 用手掌壓眼睛
- 請人重複一次好消息
- 雙腿發軟

- 膝蓋打顫
- 踉蹌後退一步
- 在椅子上突然往後倒
- 嘴巴大張
- 努力想說話，想該怎麼說好
- 步伐不穩
- 鬆了口氣而大哭或大叫
- 問多餘的問題，確定不是在做夢
- 雙眼往上看向天上
- 重重呼一口氣
- 前後搖晃
- 眼神閃耀，盯著讓人解脫的原因
- 輕聲呻吟
- 雙唇分開

- 與相關的人展現同儕之情（擁抱，彼此握手）
- 手撫著肚子
- 手掌蓋在胸口上
- 低頭
- 快要跌倒，但及時穩住身體
- 閉上眼睛，不住點頭
- 讓頭往後倒
- 輕聲咒罵，或感謝上蒼
- （教徒）在胸前劃十字或雙手合十

內部感受

- 口乾舌燥
- 肌肉虛弱
- 繃緊的身子意外放鬆
- 眼瞼下湧出淚水
- 突然感覺輕盈或飄飄然

心理反應

- 想讓人擁抱
- 渴望靜下來，消化解脫的情緒
- 感激
- 思緒亂成一團
- 無法說出適當的回覆
- 稍後再處理剩餘的失落或痛苦

極度或長時間感到解脫的徵狀

- 崩潰，流淚
- 多種反應（上下跳動，大叫，奔跑，歇斯底里地哭）
- 倒地
- 胸口感覺擴張
- 頭暈
- 喉頭緊縮

掩飾解脫的徵狀

- 刻意輕聲吐氣
- 短暫閉上眼睛
- 從鼻子深深吸氣
- 咬住嘴唇，以免笑出來

13~14 劃

- 吞口水並點頭
- 瞇起眼，必須專注於讓人解脫的原因之外
- 不去想，留著稍後好好感受
- 不專心

進一步可能引發的情緒

快樂（參見第 128 頁）、興奮（參見第 284 頁）、感激（參見第 232 頁）

寫作小撇步

角色人物想要掩藏情緒時，表露的跡象較不明顯。此時最好透過外在的一些變化來呈現「角色想要掩藏情緒」這件事——例如說話模式改變、出現了習慣動作、身體姿勢轉變等。

厭惡

[disgust]

【定義】

迴避令人不悅的事物；覺得反感

身體外部反應

- 嘴唇噘起
- 張開嘴巴，舌頭稍微外伸
- 扭動鼻子
- 畏縮、退縮
- 用力吞口水
- 往後靠
- 撫摸喉嚨並皺起臉
- 背向厭惡對象
- 雙眼顯得冷漠、死氣沉沉、呆滯
- 拒絕看
- 搖頭，喃喃自語
- 走開，好冷靜下來
- 腳趾蜷起

- 拉起衣領遮住口鼻
- 撇開視線
- 吐口水或嘔吐
- 舉起雙手，打著哆嗦後退
- 重複他人說的話，刻意不帶任何情緒
- 做出洗手的動作
- 拳頭抵住嘴巴，鼓起雙頰
- 摩擦裸露的前臂
- 摀住嘴巴
- 掙脫觸碰，甚至抗拒他人碰觸的意圖
- 雙手按壓肚子
- 要求別人不要說話，或停止所做的事
- 激烈轉動肩膀，彷彿身上的衣服不舒服
- 用錢包或外套當做盾牌

- 不予以回答，或給予模糊的答案
- 眉毛垂下，揪在一起
- 膝蓋靠在一起
- 縮短步伐，拉近雙腳
- 臉色發白
- 摩擦鼻子或嘴巴
- 乾嘔
- 縮起身，避開厭惡的源頭
- 表情看似痛苦

內部感受

- 哽咽或吞嚥不適
- 口水過多，需要吐出來
- 嘴中嘗到酸或苦的味道
- 反胃或肚子翻攪
- 喉頭發燙
- 皮膚緊繃（感覺有東西在肌膚上爬）

心理反應

- 迫切想逃離
- 感覺不乾淨
- 希望能在別的地方
- 腦中反覆播送所見畫面的殘酷細節

極度或長期厭惡的徵狀

- 注重乾淨（洗澡，將肌膚擦到紅腫）
- 極度保護個人空間
- 靠近厭惡對象時，表現神經質或戰戰兢兢
- 變得沒有反應，話少
- 非常需要逃離厭惡對象

掩飾厭惡的徵狀

- 露出微弱的笑容，卻保持安全距離
- 強迫自己靠近
- 不管多難都要維持眼神交會
- 揮揮手，彷彿不在意
- 咬嘴唇

- 緩緩靠近，但雙臂緊貼身體
- 站在一旁，只探出一隻手
- 遲疑
- 動作沉重斷續
- 笑容凍結

進一步可能引發的情緒

鄙視（參見第 264 頁）、恐懼（參見第 156 頁）、生氣（參見第 66 頁）

寫作小撇步

有些強烈的情緒會立即激起「反抗或逃跑」的反應。描寫這種強烈的情緒時，必須確認角色的個性最可能做出哪種反應，從而安排角色接著會出現的動作。

漠不關心

[indifference]

【定義】

冷漠、無心或不感興趣的樣子

身體外部反應

- 肩膀下垂、放鬆
- 步伐緩慢穩定
- 雙臂癱放在兩側
- 不積極地聳肩
- 停頓好一陣子才回應
- 目光空洞或不帶情緒
- 輕輕舉起一隻手，手掌朝上，擺出「誰在乎？」的動作
- 雙手放在口袋裡
- 往後靠，遠離對方
- 看來想睡或呆滯
- 說話聲音單調
- 禮貌地笑，但並非發自內心
- 坐下時身體癱軟，不緊繃

- 視線亂飄
- 撥衣服棉線、搔抓皮膚等，顯示缺乏興趣
- 閉上眼睛隔絕一切
- 在活動上或別人說話時傳簡訊
- 懶得回答別人的問題
- 團體討論或辯論時不回應
- 忽略遞過來的東西（例如檔案夾、名片）
- 轉身
- 態度若無其事
- 別人對自己說話時才回應
- 對笑話或私人話題沒有反應
- 刻意忽視他人或吸引人的情況

- 姿勢放鬆
- 離開時不疾不徐
- 緊盯自己的鞋子、拖腳磨著地走，就是不專心
- 回答「隨便」或「那又怎樣？」
- 隨意轉變話題
- 肢體語言不明顯，沒有活力
- 打呵欠
- 裝出無聊的樣子（癱坐在椅子上，敲打鉛筆）
- 眼睛半睜
- 適當時喃喃說「嗯哼」或「是啊」
- 容易被其他東西（電視，經過的辣妹）吸引

內部感受

- 缺乏活力
- 呼吸緩慢而平均

心理反應

- 忽視旁人，專注在別的事情
- 思緒飄盪
- 缺乏同理心
- 想現在的時間或未來的事

極度或長期漠不關心的徵狀

- 與自己的生活或社群脫節
- 逐漸喪失同理心
- 陷入循環
- 與別人的交流毫無意義
- 每天少有小確幸
- 忽略他人的痛處或苦難

掩飾漠不關心的徵狀

- 微笑，假裝專心
- 問幾個重點問題
- 找藉口離開

進一步可能引發的情緒

激怒（參見第288頁）、惱怒（參見第208頁）、藐視（參見第300頁）、放棄（參見第136頁）

寫作小撇步

想在故事中建構流暢的情緒曲線，請確定角色的感受隨著劇情發展越顯強烈、複雜。

緊張

[nervousness]

【定義】

感覺不安且容易焦慮的樣子

身體外部反應

- 動作短促斷續
- 來回踱步
- 快速眨眼
- 摩擦後頸
- 解開襯衫第一顆釦子
- 抓搔或摩擦皮膚
- 咬嘴唇
- 容易受驚
- 手部動作輕快，扭動身子
- 笨拙
- 雙手沿褲管往下摩擦
- 缺乏眼神接觸
- 一手刷過頭髮

- 呼吸迅速
- 重複交疊、又鬆開雙臂或雙腿
- 瞄向出口
- （坐著時）顛動膝蓋
- 重複動作（整理領帶，摸耳朵）
- 汗越冒越多，尤其手汗
- 手指和腳趾發麻
- 瞳孔顯得放大
- 咬或摳指甲
- 甩手
- 清喉嚨
- 臉部抽搐
- 結巴，話說不清楚
- 笑聲短促尖銳
- 靜不下來（坐著又站起來）
- 笑的時間比平常長
- 閉上眼睛，吸氣安撫自己
- 說話飛快，喋喋不休
- 聲音音調、語氣或音量改變
- 做別的事，好讓自己分心（打掃，替車子打蠟）

內部感受

- 感官敏銳
- 反胃
- 皮膚敏感
- 快昏倒
- 胃部深處感覺空虛

- 肌肉顫抖抽搐
- 胃部翻騰或鼓動
- 喪失食慾
- 口乾舌燥
- 心悸
- 頭痛

心理反應

- 渴望逃離
- 思考過程混亂，感到不理性的恐懼
- 對噪音反應過度
- 腦袋想到最糟狀況
- 希望時間過快一點

極度或長期緊張的徵狀

- 嘔吐
- 疲累或失眠
- 驚慌失措
- 封閉自我
- 易怒
- 潰瘍或其他消化問題
- 體重下滑或上升
- 習慣負面思考
- 為了穩定身心而沉溺於酒精、毒品或一直抽菸

掩飾緊張的徵狀

- 硬擠出笑容
- 伸展手指，彎起又鬆開
- 雙手交握
- 靜默到不正常
- 眼睛眨眼次數太多或太少
- 避開所有人視線
- 轉換話題
- 避免對話

進一步可能引發的情緒

不安（參見第 46 頁）、焦慮（參見第 216 頁）、恐懼（參見第 156 頁）、懼怕（參見第 320 頁）

寫作小撇步

只靠肢體動作和外部反應，讀者無法感受到情緒。用動作搭配一點內在感受或想法，能產生更深的情緒張力。

滿意
[satisfaction]

【定義】
滿足或志向得以實現的樣子

身體外部反應

- 下巴抬高，露出脖子
- 俐落點頭
- 雙臂交錯
- 撫平胸前衣服，或拉下袖子
- 豎起大拇指
- 慶賀或讚賞
- 拍對方的背
- 雙腿大開站著，握拳抵著臀部，手肘向外
- 帶著開心的表情檢查成品
- 挑起眉毛，露出「你看吧？」的表情
- 像模特兒走台步那樣走路，引人注意（輕巧、刻意）
- 笑容害羞、自信、亮麗或自負
- 完美總結現在的狀況

- 說「早就跟你說了吧！」
- 挺起胸膛
- 肩膀後挺，姿勢站直
- 向天空揮起拳頭
- 拍手
- 手指擺出尖塔狀
- 與他人一同享受當下
- 吹噓
- 一手隨興擱在屁股上
- 伸展雙臂
- 往後靠，放鬆且掌控全局
- 感激地深深嘆息
- 吹口哨或哼歌
- 笑容顯得冷淡渙散

- 深呼吸，享受當下
- 動作不疾不徐、放鬆
- 態度直接（眼神交會，聲音強而有力）
- 犒賞自己

內部感受

- 極為注意他人及其反應
- 胸口感到輕鬆
- 暖意擴散至全身
- 倦怠，但覺得滿足而非疲憊

心理反應

- 因為做好工作而開心
- 狂喜，愉悅
- 滿足
- 感激
- 越發自信
- 期待應得的休息
- 心中聚焦於最近的成功
- 不注意周遭環境
- 恭喜自己
- 由於感到滿足，而對他人慷慨
- 渴望把自己的成功告訴每個人

極度或長期滿意的徵狀

- 合理的佔有慾
- 極為自信的表情，面露榮光
- 自大

掩飾滿意的徵狀

- 嘴唇抽動
- 用手遮住笑容
- 稍微踮腳跳動
- 一逮到機會便離開，去告訴別人好消息
- 鬆了口氣，往後靠著椅子

進一步可能引發的情緒

快樂（參見第128頁）、自滿（參見第98頁）、驕傲（參見第324頁）、感激（參見第232頁）

寫作小撇步

孤獨的人往往缺乏社交互動，對寫作來說是一大挑戰。為了避免筆下人物長期沉溺在一長串的內心戲裡，請讓角色與他人維持一定的關係。別忘了，人身邊即使環繞了很多人，還是可能感到孤獨。利用人際關係帶來對話、問題和事件，以維持劇情發展的步調。

鄙視

[scorn]

【定義】

極度藐視或嘲笑；認為對方較低等

身體外部反應

- 評價尖酸
- 發言語帶輕視，提醒對方誰掌握大權
- 冷笑
- 嫌棄地短短哼氣
- 由上而下逼近對方
- 雙手抱胸，岔開腿站著
- 冷嘲熱諷
- 下巴緊繃
- 嚴厲地斜眼瞪著
- 刻意挑起眉毛，歪過頭
- 拉下眼鏡，用無神的眼神從鏡框上緣看
- 不屑地揮揮手
- 使出霸凌他人的招術

- 誇張地翻白眼或往上看
- 吐出一口氣，吹動嘴唇
- 在他人面前羞辱對方
- 挺胸
- 嘴巴醜陋地扭曲
- 鼓勵他人說對方壞話
- 鮮少口頭回應，彷彿不屑跟對方說話
- 拿別人開玩笑
- 皺起鼻子
- 在鼻子前揮手，彷彿要揮去惡臭
- 嘴巴緊閉，好像吃到難吃的東西
- 瞇起眼睛
- 緊盯著對方
- 用明顯虛假的態度拍手
- 說出傷人的觀察；「假如我是你，一定覺得很丟臉！」
- 被對方觸碰或搭話而生氣
- 點出他人的弱點
- 忽視對方
- 緩緩說話，強調傷人的字眼
- 離開，以示對方不值得自己花時間或精力
- 道歉對方浪費了大家的時間

內部感受

- 感覺自傲
- 奪走他人權力而感到腎上腺素狂飆

心理反應

- 經由對話或動作重創對手，而興高采烈
- 生氣
- 想叫對方有點自知之明
- 優越感
- 傲慢

極度或長期鄙視的徵狀

- 問問題，讓對方進一步自掘墳墓
- 煽動對方
- 找人吵架
- 逼對方進入他／她註定失敗的情境
- 與志趣相投的人聚在一塊，鼓勵他們鄙視別人
- 用「低級」的評論傷人

掩飾鄙視的徵狀

- 表情空洞，不見情緒
- 對問題或動作沒有反應
- 轉頭離開
- 搖頭
- 臉頰肌肉稍微跳動
- 咬緊牙關
- 緊閉著嘴，免得說話
- 找藉口離開

進一步可能引發的情緒

生氣（參見第66頁）、怨恨（參見第144頁）、興高采烈（參見第280頁）

寫作小撇步

描寫角色的情緒狀態時，請注意此人物的聲音。音調上升還是下降？音量變大還是變小？音質變粗還是柔如絲綢？角色試圖在他人面前隱藏情緒時，音調和音色的轉變便是很好的線索。

憂鬱

[depression]

【定義】

退縮的狀態；極度悲傷，沒有活力

身體外部反應

- 外表憔悴
- 明顯體重下滑或升高
- 鮮少眨眼
- 眼睛濕潤或發紅
- 低頭盯著雙手
- 對刺激或聲響變得沒有反應
- 躺在床上，沒有動力起床
- 姿勢癱軟，脖子彎曲
- 頭靠在手上
- 頭髮打結，指甲過長，以及其他放棄自我的跡象
- 每天穿同樣的衣服
- 拖著腳走
- 手部動作遲緩

- 沉溺於代表失落的物品（照片或小飾品）
- 哭泣
- 眼神空洞
- 找藉口
- 嘴角下垂
- 臉上出現細紋，表情無力
- 黑眼圈
- 失眠
- 嗜睡
- 飲食習慣差
- 語調沒有力道或活力
- 家裡、房間或辦公室不乾淨
- 忽略打來的電話或訪客

- 提早老化（皺紋、眼神疲憊、灰髮或白髮）
- 生病
- 對原先的嗜好不感興趣
- 學校成績下滑，工作不順利
- 選擇與世隔絕
- 退出活動，遠離朋友
- 吃飯心不在焉，或食之無味
- 無法專注於手邊的事（公事、學校、家庭生活）
- 忘記約定、對話和會議
- 選擇寬大或暗沉的衣服
- 對他人沒有反應，家人也不例外
- 交談技巧差

- 身體發出異味

內部感受

- 胸口空虛感
- 脈搏緩慢
- 痠痛
- 呼吸淺短
- 疲憊

心理反應

- 關注內心
- 渴望活在過去或獨處
- 觀察能力差
- 想法偏執

- 對未來抱持負面展望
- 無法專心
- 失去時間的概念
- 想要自殘
- 對於世界和世人的觀察很悲觀
- 避開噪音、人群和壓力大的狀況

極度或長期憂鬱的徵狀

- 飲食失調
- 行為瘋狂（拉頭髮、強迫症、疑神疑鬼）
- 想自殺
- 嘗試自殺
- 用藥成癮
- 堆積東西

掩飾憂鬱的徵狀

- 做出反應前稍微停頓一下
- 展現的情緒顯得勉強或虛假
- 大量用藥或喝酒
- 臉上掛著過度開朗的假笑
- 假裝生病，避開社交場合和人群
- 撒謊

進一步可能引發的情緒

懷舊（參見第 312 頁）、後悔（參見第 148 頁）、悲傷（參見第 224 頁）

寫作小撇步

寫作者不只要呈現情緒，還必須讓讀者感受到情緒。回想你體驗強烈情緒時體內的核心感受為何，假如適合，就拿來向讀者傳達類似的經驗。

暴怒

[rage]

【定義】

狂暴且無法控制的怒火

身體外部反應

- 肌膚泛紅或顯得一塊紅一塊白的
- 四肢顫抖
- 手握拳又鬆開
- 瞪大眼睛，露出眼白
- 嘴角冒白沫
- 辛辣的批評，輕視
- 用一根手指猛指別人的臉
- 脖子冒青筋
- 鼻孔擴張
- 嘴唇掀起，露出牙齒
- 左右擺動脖子，發出喀喀聲嚇人
- 肌肉血管緊繃貼著皮膚
- 喉嚨發出怒吼

- 雙腳大張站穩
- 為了看似無關緊要的小事突然爆發
- 推擠
- 活動肩膀和脖子，彷彿準備打架
- 捏緊別人的手臂，直到瘀青
- 罵人以挑起爭端
- 扳動指節，發出喀喀聲嚇人
- 掏出武器（刀）
- 拿手邊的東西當做武器（樹枝，石頭）
- 刻意慢慢靠近，以威嚇對方
- 朝對方猛衝，一面尖叫或發出大吼
- 打架時不考慮自身安全
- 丟或踢東西
- 不用多少刺激就極度生氣
- 尖叫
- 威脅採取暴力行為
- 怒目而視想嚇人
- 闖入對方的個人空間
- 控制人

內部感受

- 耳朵隆隆作響
- 流向四肢的血量增加
- 脈搏加速
- 視線模糊
- 急速呼吸造成喉嚨乾渴
- 暫時忽略疼痛
- 腎上腺素流經全身

- 力道增強的感覺
- 感到焦躁、抽搐
- 視線狹隘

心理反應

- 深信自己遭人虧待或辜負
- 渴望復仇
- 找人吵架
- 想傷害別人，想見血
- 使用暴力時覺得解脫
- 不想或不在乎後果
- 需要掌權或控制一切
- 難以專注或專心

極度或長期暴怒的徵狀

- 把人打到昏倒
- 犯下傷害罪或謀殺
- 尋找以暴力回應的機會
- 自殘成癮
- 憂鬱
- 心臟疾病，中風
- 潰瘍
- 時間久了，無法處理小問題
- 失眠
- 疲憊
- 損毀所有物

掩飾暴怒的徵狀

- 異常安靜
- 身體不自覺顫動
- 不揍人，反而捶向牆壁或東西
- 咬牙切齒
- 咬牙造成下巴疼痛
- 笑容緊繃，雙眼不帶笑意
- 抓住穩固的東西（如方向盤），用力搖晃
- 揍或撕裂柔軟的東西
- 劇烈運動

進一步可能引發的情緒

偏執（參見第184頁）、後悔（參見第148頁）

寫作小撇步

角色對周遭環境產生情緒反應時，可別小看感官細節。當角色人物的情緒高張、感觸變得敏感之際，他們會因為物體的材質而困擾嗎？他們會聽到什麼平常不會注意的聲音？

憤慨

[resentment]

【定義】

對一件事、一句話或一個人感到憤怒；
覺得受傷或受辱

身體外部反應

- 嘴巴緊閉
- 雙臂抱胸
- 瞇起眼睛，露出無神的眼神
- 橫眉豎目
- 拉長自己和他人的距離
- 抱怨
- 粗魯
- （小孩）噘嘴
- 行為狡猾
- 中傷別人
- 音量提高，語氣漸強
- 爭執
- 看著對方，但視而不見

- 表情強硬
- 手臂伸直，雙手握拳
- 拒絕給對方用好情好意收買
- 避開讓人憤慨的對象
- 站姿僵硬
- 故意忽視對方示好的努力
- 低聲喃喃自語或咒罵
- 扯動嘴角，露出惱怒的表情
- 藐視對方的地位或成就
- 脖子和肩膀緊繃
- 戳指空氣，強調所說
- 嘴唇噘起露出牙齒
- 下巴線條尖銳清晰
- 語調尖酸，朝別人大吼

- 感覺受害而破壞對方的計畫或活動
- 背後說人閒話，八卦
- 笑容惡毒
- 不認同地搖頭，但什麼都不說
- 雙手握拳
- 走出房間
- 哼氣快速離開
- 跺腳走上樓梯
- 用超乎正常的力道甩上門

內部感受

- 頭緊繃、發疼
- 下巴痛
- 胸口繃緊
- 喉嚨收縮
- 高血壓
- 胃病或潰瘍

心理反應

- 對目標對象帶有惡毒想法
- 對不公不義感到挫敗
- 幻想對方受傷或失敗
- 情緒陰晴不定
- 想要獨處
- 過於關注一個人或狀況，導致傷害其他關係
- 渴望聚眾，營造憤慨的暴民心理

極度或長期感到憤慨的徵狀

- 體重增加
- 生病
- 失眠
- 避免碰到令人憤慨的對象，因而遲到、請病假或反對輪班時間
- 高血壓
- 想復仇

掩飾憤慨的徵狀

- 走開
- 保持沉默
- 換談較安全的話題
- 掛起微笑

進一步可能引發的情緒

生氣（參見第66頁）、怨恨（參見第144頁）、忌妒（參見第132頁）

寫作小撇步

介紹讀者認識新場景、角色或物品時，可以透過配角的對話來描述或表達意見。配角們注意到的面向以及他們的反應，都適合當作刻畫事物的機會。

興高采烈

[elation]

【定義】

精神亢奮；狂喜或歡快的樣子

身體外部反應

- 臉色紅潤，面紅耳赤
- 忍不住微笑或咧嘴笑
- 大笑
- 驚叫，尖叫，大叫，吶喊，喊叫
- 跪倒在地
- 上下跳動
- 互相搶話，喋喋不休
- 舉起雙臂做出「勝利的V字形」
- 頭往後仰，臉看向天空
- 宣告勝利，繞場跑一圈
- 滿臉笑意，容光煥發
- 互相擁抱
- 在原地跳舞

- 大聲吶喊
- 不在乎別人的想法，缺乏自覺
- 分享大家的喜悅，感覺身為群眾一份子
- 重複同樣的話：「哇！」或「真不敢相信！」
- 手舞足蹈，腳打開開站著
- 挺胸
- 眼睛圓睜發亮
- 抓住頭的兩側，做出「不敢置信」的動作
- 情緒激昂，跳著走或跑，小跳步
- 擁抱，親吻，或其他表達好感的動作
- 拔腿跑
- 喜極而泣，兩頰帶淚

- 把東西往上拋向天空：帽子、書、紙屑、頭盔
- 冒汗
- 朝天空舉起拳頭

內部感受

- 暖意擴散到全身
- 心跳飛快，在胸口撲通撲通跳
- 腎上腺素使精神恢復，感覺格外清醒

心理反應

- 思緒渙散，太興奮無法專注思考
- 想要跟家人朋友在一起
- 覺得努力、犧牲或受苦都值得了

- 回顧至今為止碰到的障礙
- 感謝協助自己達成目標的人

極度或長期興高采烈的徵狀

- 淚流滿面
- 無法控制動作
- 肌肉顫抖
- 疲憊地癱倒在地
- 喘不過氣
- 尖叫或大喊導致失聲
- 說不出話來

掩飾興高采烈的徵狀

- 不管多努力都無法忍住咧嘴笑
- 屏住氣，試圖冷靜下來
- 抱住自己，好壓抑情緒
- 閉上眼睛，摀住嘴巴
- 因為拼命控制自己而顫抖
- 低頭掩飾笑容

進一步可能引發的情緒

滿意（參見第260頁）、驕傲（參見第324頁）、感激（參見第232頁）

寫作小撇步

你的角色人物會使用哪些身體部位來呈現他們的情緒？有哪些身體部位是你完全沒有用來描繪情緒的？挑戰自己用這些「消失」的部位，寫出獨特的情緒描述，取代已濫用的動作。

興奮

[excitement]

【定義】

精力充沛或受到刺激，因而有所行動

身體外部反應

- 咧嘴燦爛地笑
- 眼睛閃閃發光
- 大笑
- 腳交替跳動
- 驚叫，大叫，大喊
- 說笑話
- 與別人高興地跳起來碰觸到
- 聲音宏亮
- 唱歌，哼歌，吟唱
- 比賽或活動後，用灌籃姿勢把垃圾丟進桶裡
- 群聚時喋喋不休或蓋過別人說話
- 替自己搧風
- 假裝要昏倒

- 毫不遲疑就說出想法和感受
- 舉起別人，或甩著他轉圈
- 顫抖
- 因為好玩而表現得亢奮、幼稚或愚蠢
- 臉色紅潤
- 動來動去，無法靜下來
- 開玩笑般互相推擠
- 揮動手臂，做出誇張的手勢
- 用腳拍打地面
- 擁抱，抓握住別人的手臂
- 互碰肩膀
- 挺起身，或踮腳尖跳
- 打電話或傳簡訊，分享消息或傳達興奮心情

- 頭緊靠著他人，飛快說八卦
- 發自喉嚨的笑
- 咯咯笑
- 和善地要求：「告訴我！給我看！我們走吧！」
- 身體總是在動（點頭，晃動，繞行，踱步）
- 步伐特殊，快速昂首闊步
- 很有自信，與他人對上眼
- 顯示對朋友或重要對象的好感

內部感受

- 胸口輕鬆
- 脈搏很快
- 口乾舌燥
- 感官特別靈敏
- 喘不過氣
- 腎上腺素狂飆

心理反應

- 與他人產生同志情誼
- 想像可能發生什麼
- 享受群眾的能量
- 等不及

極度或長期興奮的徵狀

- 需要跑、跳、尖叫、吶喊
- 強烈渴望與他人分享感受
- 滿臉笑意
- 心跳狂飆
- 流汗
- 尖叫、大喊或大叫，使得聲音沙啞
- 失去控制

掩飾興奮的徵狀

- 刻意控制自己的動作
- 忍住微笑
- 壓抑住笑聲或開心的喊叫
- 感覺五臟六腑在震動

- 撫平衣服
- 雙眼從深處發出光芒
- 點頭但不說話

進一步可能引發的情緒

滿意（參見第 260 頁）、快樂（參見第 128 頁）、興高采烈（參見第 280 頁）、失望（參見第 74 頁）

寫作小撇步

假如你想不出來要如何呈現某種情緒，請在腦中描繪場景的鮮明畫面。讓情節發展，從旁觀察角色的行動和表現。

激怒

[irritation]

【定義】

不耐煩及不滿；遭到騷擾的感覺

身體外部反應

- 雙唇閉上，抿緊或癟成一條線
- 臉部緊繃
- 瞇起眼睛，斜眼看
- 摩擦後頸
- 偷看讓人煩躁的原因
- 皺眉
- 雙臂交叉
- 視線瞥向使人煩躁的主因
- 拉扯衣服，彷彿衣服讓人不舒服
- 動作躁動（把頭髮往後拉，彎起手指）
- 將注意轉向別人
- 採用挑釁的口氣，爭執
- 笑容強硬

- 舌頭輕抵著臉頰，長長吸氣
- 問尖銳的問題
- 轉換話題
- 勉強假笑
- 提高聲量
- 張嘴打算說話，又改變主意
- 咬住臉頰內側
- 腳動個不停（翹起又放下，無法站定）
- 變得安靜，離開對話
- 假裝對其他事物有興趣，以爭取時間冷靜下來
- 手指做出神經質的小動作
- 用鼻子呼吸（別人都聽得見）
- 蜷起腳趾
- 緊握雙手，指節泛白
- 打斷他人
- 重複某個動作（搔抓眉毛，調整眼鏡）
- 雙頰泛起血色
- 咬牙

內部感受

- 胸口緊繃
- 筋肉僵硬
- 皮膚敏感
- 脈搏加速
- 四肢末端感到抽動
- 體溫上升
- 下巴和臉部肌肉拉緊，感覺不舒服

心理反應

- 輕視讓人煩躁的原因
- 試圖把不悅的消息拋出腦外
- 渴望和別人討論這個狀況
- 希望別人能停下或閉嘴
- 即便自己的信念不合理，也固執不願放棄
- 判斷受到蒙蔽
- 批判他人和他們的表現或貢獻

極度或長期激怒的徵狀

- 公開挑戰他人的論點或看法
- 咒罵
- 負面用語：「你都在亂說！」
- 諷刺
- 抹黑
- 臉部抽搐
- 血壓上升

掩飾激怒的徵狀

- 避開使人煩躁的原因
- 反應矛盾
- 雞蛋裡挑骨頭
- 以消極攻擊回應
- 強迫自己不看，或不承認讓人煩躁的原因存在
- 離開房間或當前狀況，好釐清思緒
- 想辨法質疑源頭的可信度，才不必相信

他／她

進一步可能引發的情緒

挫折（參見第164頁）、生氣（參見第66頁）

寫作小撇步

賦予角色獨特的肢體語言。他排隊時會踮腳尖嗎？沉思時手指會撫過牛仔褲的縫線嗎？創新的情緒表現能協助角色活過來。

懊悔

[remorse]

【定義】

因犯錯而內疚，進而感到苦惱；渴望收回或修正所做的事

身體外部反應

- 誠心道歉
- 懇求溝通
- 跟著受害方
- 不斷回到過去事件發生的地方
- 低頭，眼睛往上看
- 眼眶泛淚
- 一手摀住嘴
- 雙手抱頭
- 不試圖掩藏或控制淚水
- 沉默
- 提供賠償
- 受害者在場時，對話中以其名字相稱
- 說出未經修飾的事實

- 回答時毫不遲疑
- 下巴顫抖
- 抱住肚子
- 肩膀朝胸口彎下
- 遭受（言語或肢體）攻擊卻不防禦
- 身體姿勢癱軟
- 盯著地板
- 雙手在大腿上交握
- 發抖
- 哀求原諒
- 壓抑啜泣而肩膀發顫
- 哀求的語調
- 臉色蒼白或不健康
- 黑眼圈

- 臉頰凹陷
- 伸手去觸摸，卻又縮回來，彷彿自己不夠格
- 立刻同意宣示的內容或接受懲罰
- 聲音破碎
- 口頭為發生的事負責
- 靜靜回答問題
- 手臂垂在兩側
- 雙手雙腳不動
- 服從
- 突然啜泣起來

內部感受

- 胃部感覺僵硬
- 流鼻水
- 反胃
- 失眠造成眼睛乾燥發癢
- 喉頭緊縮

心理反應

- 暗自斥責自己的行為或錯誤的決定
- 想要承擔後果
- 拼命想辦法彌補錯誤
- 同情對方和他們的遭遇
- 誠實面對自己在事件中扮演的角色
- 因坦承犯錯而鬆了口氣

極度或長期懊悔的徵狀

- 體重下滑
- 頭痛
- 心臟疾病
- 深信自己不值得幸福，而產生傷害自我傾向
- 拼命想恢復平衡，或解決問題
- 生活完全改變（例如做公益，宗教信仰）

掩飾懊悔的徵狀

- （若是群體犯錯）避開同樣有罪的朋友
- 謊稱自己的感受
- 宣稱受害者也要負責
- 找藉口離開

- 掰理由辭退活動、學校或工作
- 搬家

進一步可能引發的情緒

羞愧（參見第188頁）、後悔（參見第148頁）、決心（參見第124頁）

寫作小撇步

如果作者筆下的場景能夠遵循事件的真實順序，最能清楚描寫情緒描：先呈現動作（刺激），再寫回應（反應），這樣讀者就會明確看出A如何導致B。

擔心

[worry]

【定義】

對於未來事件有不安的想法，造成心理壓力

身體外部反應

- 揪起眉頭
- 咬嘴唇
- 捏喉嚨的皮膚
- 腳掌彈跳或拍動
- 拉扯或扭頭髮
- 來回踱步
- 喝太多咖啡，抽太多菸
- 黑眼圈
- 眉毛緊蹙
- 在床上翻來覆去，無法入睡
- 問太多問題
- 戳或摩擦眉毛
- 衣服起皺沒洗

- 用手摩擦褲管
- 頭髮扁塌或沒洗
- 與他人溝通不良
- 不斷摩擦臉部
- 視線在房內飄盪，從不在一個人或物品上停留太久
- 緊抓著親友
- 深呼吸，努力冷靜下來
- 做無意義的活動，免得閒下來
- 請病假
- 姿勢佝僂
- 抓著毛衣、錢包或項鍊，以求安慰
- 咬指夾，啃指節
- 手斷斷續續順過頭髮

- 重複撫平衣服
- 雙手交握
- 脖子僵硬，肌肉緊綳
- 眼神痛苦，或淚眼汪汪
- 清喉嚨
- 較少眨眼（彷彿擔心漏看什麼）
- 扭動身子，難以坐定
- 坐著，接著起身，然後又坐下

內部感受

- 失去食慾
- 胃部敏感
- 心痛或其他消化問題
- 口乾舌燥

心理反應

- 不確定已做的決定是否正確
- 不願意離開特定地點（電話旁、房子、車）
- 無法專心
- 需要掌控一切
- 後悔過去行為
- 疏離他人
- 解讀背後意涵，過度分析
- 假設最糟的狀況
- 過度保護
- 易怒

極度或長期擔心的徵狀

- 體重下滑
- 少年白髮
- 新皺紋
- 學校成績下滑，工作表現差
- 潰瘍
- 焦慮不堪
- 驚慌失措
- 高血壓
- 心臟疾病
- 免疫系統受損，導致更常生病
- 失眠和疲憊
- 疑心病

掩飾擔心的徵狀

- 偷瞄時鐘或門口
- 容易受驚
- 笑容僵硬或虛假
- 開發新嗜好，讓自己分心
- 外表裝出假象，彷彿一切都沒事
- 注意力變差
- 難以專心
- 似乎強迫自己哼歌，或哼一哼便快快停止
- 日常作息照舊，但心思不在這兒

進一步可能引發的情緒

小心謹慎（參見第34頁）、恐懼（參見第156頁）、焦慮（參見第216頁）、偏執（參見第184頁）、懼怕（參見第320頁）

寫作小撇步

天氣的細節可以增添場景的深度和意義。想想角色的感受如何受天氣影響。氣候也能阻撓角色達成目標，增加張力。

藐視

[contempt]

【定義】

缺乏崇敬或尊重；忽視對方

身體外部反應

- 雙手抱胸，姿勢顯得排拒他人
- 嘴角下垂
- 頭歪向一旁
- 訕笑
- 搖頭
- 嘲弄
- 翻白眼
- 諷刺
- 說人閒話
- 大聲哼笑
- 用嘴唇做出無理的聲音（發出呸聲）
- 欺負並激怒對方
- 身體轉向側邊，而非直接面向對方

- 走開
- 輕蔑地揮手
- 姿勢僵硬
- 拒絕回答或互動
- 縮起下巴低頭看人
- 眼神冷酷
- 抿起嘴巴
- 露出堅毅明顯的下巴線條
- 對方說話時冷笑
- 惡意地笑
- 拿他人開玩笑
- 冷冷地笑，表示並非真心
- 朝藐視對象吐口水
- 吐舌頭
- 雙腳打開站立，挺出胸口

內部感受

- 血壓上升
- 胸口緊繃
- 脖子和下巴僵硬
- 肚子一陣發熱

心理反應

- 負面思考
- 不厚道的觀察
- 在心中損人
- 想要出口攻擊或傷害另一個人
- 希望揭露對方有多無知

極度或長期藐視的徵狀

- 咒罵並口出髒話
- 大叫，與人爭執
- 高血壓
- 額頭可見血管跳動
- 暴力想法
- 氣得叫人從眼前滾開
- 需要離開（主動離席，提早結束會議）

掩飾藐視的徵狀

- 肌膚泛紅
- 咬臉頰內部
- 坐立不安
- 緊閉雙唇避免開口

- 做出洗手的動作
- 刻意不看藐視對象
- 假裝對其他事物有興趣
- 轉頭忽略藐視對象
- 變得沒有反應
- 壓住橫膈膜以控制怒火
- 往後靠，雙臂交叉
- 走開，加大與對方的距離

進一步可能引發的情緒

厭惡（參見第248頁）、鄙視（參見第264頁）、生氣（參見第66頁）

寫作小撇步

修稿時，尋找「直接說明」情緒的地方。通常這表示作者缺乏自信，無法透過思緒、感受和肢體語言清楚呈現情緒。只要使用明顯的口語及非口語描述，就不需要向讀者「解釋」情緒了。

懷疑

[doubt]

【定義】

缺乏信心，或認定不太可能

身體外部反應

- 雙眉越靠越近，臉繃緊
- 低頭或撇開眼
- 避免眼神接觸
- 緊閉雙唇
- 拖著腳
- 雙手插進口袋
- 清喉嚨
- 以拇指撥弄耳朵
- 表達關切
- 多次檢查自己的外表
- 拖延戰術（例如建議花時間分析其他的選項）
- 停頓，「呃」或其他贅字
- 稍微退後一步

19~23 劃

- 在一群人或活動的外緣徘徊
- 咬住臉頰內裡
- 婉拒他人協助
- 雙手梳過頭髮
- 拉扯自己的衣服
- 笑容顯得緊繃
- 遲疑地點頭
- 站在原地搖晃，假裝研究地板
- 頭歪向一邊，同時挑起眉毛
- 比平時更常吞口水
- 頭左右擺動，評估想法或選擇
- 十指輕觸在一起
- 稍微握拳
- 深深地、沉重地嘆氣

- 抿起嘴
- 聳肩
- 搖頭
- 尋求保證或澄清
- 爭論或質疑
- 列出可能的後續影響
- 摩擦後頸
- 玩弄戒指或釦子，避免眼神接觸
- 一手蓋住臉，閉上眼睛
- 倒吸一口氣，然後吐氣
- 很快地提出其他建議
- 遲疑（例如不情願地接下傳單）
- 手抱胸或翹起腳

內部感受

- 胃部微感沉重或顫抖

心理反應

- 擔心當前的走向
- 預想可能的連帶傷害
- 尋找方法規避當前的狀況
- 挖出證據，好左右大眾看法
- 希望或祈求不會出事

極度或長期懷疑的徵狀

- 避免公然表態支持（避免公開發言支持）
- 與同伴互看一眼，挑起眉毛傳達訊息
- 看他人支持差勁的方案而皺起臉

掩飾懷疑的徵狀

- 在椅子上坐立不安
- 發出咳嗽聲音（當他人同意或支持一個令人存疑的決定或立場時）
- 假裝自信（站直身體，朗聲說話）
- 撒謊或誤導他人
- 找藉口解釋為何沒有馬上同意
- 向他人確保自己忠誠、全心投入等
- 自願出面處理問題
- 嘴巴上暫不表示支持

進一步可能引發的情緒

擔心（參見第296頁）、不可置信（參見第38頁）、心神不安（參見第58頁）

寫作小撇步

引導角色走過情緒成長的場景時，別忘了也要讓他遭遇挫敗。啟蒙之路向來顛簸，對筆下角色也不例外。

懷抱希望

[hopefulness]

【定義】

展望未來是一片光明有希望；樂觀

身體外部反應

- 屏住氣
- 挑起眉毛，露出詢問的眼神
- 向前傾
- 緊抓胸口或肚子
- 低聲不斷喃喃說「拜託」
- 雙手在下巴下方緊握（擺出禱告姿勢）
- 臉龐似乎發亮
- 輕咬嘴唇
- 單手摀住嘴巴，眼睛圓睜閃亮
- 深呼吸
- 擺動、扭動
- 說出優點而非缺點
- 強烈的眼神交會

- 微笑
- 姿勢僵硬，散發準備好的氛圍
- 撫平衣服，以顯得鎮定或可敬
- 他人說話時跟著點頭
- 因期待而靜止不動
- 快速吞口水和點頭
- 多話，喋喋不休
- 嘴唇稍微分開
- 請他人重新講述（某事）成功的機率
- 前後晃動
- 做出保證，向他人證明自己的價值
- 提出承諾，展現自己有能力達到期望
- 留意與目標相關的事項或人
- 坐立不安

- 謹慎樂觀地舔嘴唇
- 眼睛向上看，一邊吐氣
- 視線飄向希望的象徵（知道狀況的朋友，裁判桌）

內部感受

- 胃部顫動
- 感覺輕鬆
- 四肢發麻
- 全身一震
- 飄浮的感覺，彷彿所有負擔都消失了
- 氣息暫時困在胸口

心理反應

- 願意相信一切都很順利
- 強烈意識到周遭環境
- 正面思考
- 感覺平靜
- 專注於自我精進（讀書，工作特別認真）
- 拒絕想、說或聽負面的事
- 為了最好的可能做準備

極度或長期懷抱希望的徵狀

- 雙手交握，抵在唇邊祈求，雙眼緊閉
- 呼吸發顫
- 發抖
- 流淚
- 聲音顫抖
- 嗚咽

掩飾懷抱希望的徵狀

- 緊握雙手，強迫自己靜下來
- 在心中降低期待
- 提醒自己面對的障礙或競爭
- 手掌往下壓，以免顯得過於自信
- 保持表情空白
- 往下看或撇開視線

進一步可能引發的情緒

迫不及待（參見第 140 頁）、興奮（參見第 284 頁）、失望（參見第 74 頁）

寫作小撇步

可以試試看強迫角色在「很糟糕」和「更糟糕」的狀況中做出選擇。讀者會想起自己過去面對類似難題的經驗，因而同情你筆下的角色。

懷舊

[nostalgia]

【定義】

嚮往回到過去特定時期或情境

身體外部反應

- 視線迷濛
- 淺笑
- 緩緩翻閱舊照片，撫摸頁面
- 姿勢輕鬆
- 眼眶滿溢淚水
- 聲音安靜
- 頭歪向一側
- 克制笑聲
- 淺淺嘆氣
- 不疾不徐地走
- 用手在胸口上輕撫
- 斜躺在沙發上，看老電影
- 動作緩慢無力

- 激起回憶時越來越激動起來（例如廣播播出老歌）
- 想起回憶時眼神一亮
- 保存過往快樂時光的紀念品
- 重複講述過去的故事
- 尋找經歷相同事件的人
- 溫柔碰觸懷念的物品（嬰兒毯、喜帖）
- 閉上眼睛，好清楚喚醒回憶
- 試圖重現過去的事（點燃同樣氣味的蠟燭，穿舊衣服）
- 看出當下與過去相似之處：「你長得跟他一模一樣」或「這跟我們第一輛車的顏色相同」
- 對經歷相同事件的人越顯溫柔（坐得近，短暫一吻）

內部感受

- 眼睛泛淚而刺痛
- 胃部興奮鼓動
- 整個身體放鬆
- 回憶湧上心頭，呼吸漸緩
- 感官遲鈍（坐姿不舒服卻沒有感覺）
- 現在的生理感受與過去那時相同（但較輕微）

心理反應

- 回想過去，因而忘了時間
- 渴望時間倒轉，回到過去拜訪
- 在心中重現過去的事
- 雖然過去的事造成傷痛或損失，卻仍不後悔

極度或長期懷舊的徵狀

- 不滿意現況
- 相較現在，對過去較有感覺
- 花大多時間追憶過去
- 傾向囤積東西
- 忽略現在的義務或關係
- 無法放下
- 憂鬱

掩飾懷舊的徵狀

- 過往紀念品少得誇張
- 吸鼻子忍住淚水
- 拒絕回顧過去的機會（同學會、拜訪老家或故鄉）
- 不參與談論過去的對話
- 以務實的理由掩飾懷舊心理：「我留著他的玩具，讓他以後能給他的孩子玩」

進一步可能引發的情緒

悲傷（參見第224頁）、憂鬱（參見第268頁）、快樂（參見第128頁）

寫作小撇步

介紹、描述角色時，請細分角色背景的細節。凡是對劇情或個性刻劃不重要的部分，就留給讀者想像。

難以承受

[overwhelmed]

【定義】

被當前情勢擊倒，或被強烈情緒淹沒

身體外部反應

- 拿顫抖的手摸額頭
- 舉起一隻手，阻止對方拋出更讓人擔心的事
- 揮手要人走開
- 肩膀下垂或彎曲
- 胸口凹陷
- 緊抓自己的手臂或肚子
- 觸摸太陽穴，同時閉上眼睛
- 聲音因哭泣而哽咽
- 胸口劇烈起伏
- 聲音顫抖
- 站不穩
- 咕噥，喃喃自語
- 無法控制哭喊、啜泣或嗚咽

- 步伐不穩（幾乎像喝醉了）
- 癱坐在椅子上，靠著門框或牆壁
- 雙膝貼胸，手臂環抱膝蓋
- 倒在另一人身上
- 全身發抖
- 淚眼濛濛
- 難以做出回應
- 躲在角落，背靠著牆
- 掉東西，或把東西灑了一地
- 不斷搖頭
- 眼神迷濛，表情呆滯
- 低頭盯著空蕩蕩的手
- 跌坐在地上
- 雙手摀住耳朵
- 前後搖擺
- 閉上眼睛
- 回應不洽當（大笑，尖叫）
- 雙手撐著膝蓋，往前傾
- 過度換氣
- 放鬆皮帶、領口和其他緊繃的衣物
- 用指尖觸碰嘴唇

內部感受

- 雙腿發軟，突然需要坐下
- 感到一股熱浪或寒意
- 頭暈
- 難以呼吸
- 無法進食

- 對噪音敏感
- 耳朵嗡嗡響
- 視線狹隘

心理反應

- 內心麻木
- 封閉自我
- 對他人沒有反應，幾乎僵直不動
- 希望有人安慰
- 渴望獨處
- 無法專心
- 難以做決定

長期難以承受的徵狀

- 逃跑
- 承受壓力而發怒（尖叫，大吼，打人）
- 昏倒或暈眩
- 哭泣
- 歇斯底里
- 頭痛
- 過度緊繃
- 肌肉疲勞痠痛
- 以不健康的方式尋求安慰
- 心臟病發或中風
- 慢性疲勞，失眠
- 身體衰弱，住院

掩飾難以承受的徵狀

- 口頭否認：「真的，我很好」
- 笑容和自信顯得虛假
- 輕易同意，或裝出興致
- 找藉口掩飾身體虛弱：「對不起，我起身太急了」
- 假裝頭痛或其他病痛，不承認自己的極限

進一步可能引發的情緒

焦慮（參見第 216 頁）、憂鬱（參見第 268 頁）

寫作小撇步

描寫情緒時，很容易過度依賴臉部表情。試著將焦點往下，描述手臂、手掌、雙腿和腳的動作。

懼怕

[dread]

【定義】

幾乎無法控制地害怕面對或接觸人事物；
強烈渴望避免將發生的事件或狀況

身體外部反應

- 雙手捧腹，彷彿很痛
- 雙臂抱胸
- 肩膀往前彎，胸口後縮
- 脖子彎曲
- 往後靠，或遠離造成不適的原因
- 拖著腳步
- 找藉口離開
- 聲音安靜，用單字回答
- 姿勢駝背，頭部下垂
- 膝蓋緊緊靠在一起
- 避免視線交會
- 轉動上身，防護身體
- 聳起肩膀，彷彿要藏住脖子

- 流汗
- 微微晃動
- 雙手顫抖
- 尋求黑暗帶來的安全感、出口等等
- 手肘緊夾著身側
- 視線朝下，用頭髮遮住臉
- 縮小身子
- 蜷縮在角落、東西後方或旁邊
- 畏縮或抖縮
- 腳步沉重
- 無法控制嗚咽
- 越來越常吞嚥口水
- 雙臂橫越肚子做為保護
- 摩擦扭動雙手，旋轉戒指或手環
- 搔抓皮膚，摳或咬指甲
- 緊抓讓人放心的物品（幸運項鍊、手機等）
- 手掌沿著褲管往下滑
- 咬嘴唇或臉頰內側，使其流血
- 臉色蒼白或病態

內部感受

- 胃部翻騰
- 心跳沉重或緩慢
- 打哆嗦
- 手指冰冷
- 胸口發麻
- 胸口沉重

- 難以呼吸
- 嘴中嚐到酸味
- 喉嚨後方疼痛
- 難以吞嚥
- 暈眩
- 四肢發抖

心理反應

- 想要逃走
- 想躲起來
- 希望時間過快一些
- 不覺得會有正向的結果
- 查看是否危險的需求勝過躲藏的需求

極度或長期懼怕的徵狀

- 發抖，戰慄
- 聽到聲響便嚇得跳起來
- 牙齒打顫
- 啜泣
- 尋找藉口以避免將發生的事
- 過度換氣
- 討價還價，哀求
- 焦慮不安

掩飾懼怕的徵狀

- 假裝自己只是不舒服
- 試圖讓自己分心（電視、書、音樂）好逃避

- 集中精神，免得被恐懼控制
- 動也不動

進一步可能引發的情緒

痛苦（參見第204頁）、恐怖（參見第168頁）

寫作小撇步

掌握整本作品呈現的情緒範圍。優秀的稿子總是在主角成長的情境中，讓讀者體驗到好幾種互相衝突的情緒。

驕傲

[pride]

【定義】

成就顯著、擁有特定物品，或身處一段關係而產生適當的自尊

身體外部反應

- 下巴抬高
- 肩膀後挺
- 挺胸
- 雙腳打開，站直，姿勢完美
- 眼中閃過亮光
- 知情而咧嘴笑
- 追求完美
- 看著別人，研究對方的反應
- 說明走到這一步沿路的起起伏伏
- 打電話給親友，告知他們自己的成就
- 眼神接觸直接或強烈
- 笑聲宏亮
- 變得多話

- 踮起腳尖，稍微拉高身體，以強調所說的話
- 掌控或主導對話
- 有觀眾時格外活潑
- 咧嘴笑，表示知道內情
- 中途闖進活動或辯論
- 滿意地笑
- 拇指勾住皮帶環，將骨盆往前挺
- 深呼吸
- 裝作謙虛
- 忽視或忽略引以自豪的事物缺點
- 在意自己的外表
- 雙手插在腋窩下，明顯露出拇指，指向上方

- 手梳過頭髮，把髮絲往後推
- 擺出性感動作，或能凸顯自己優點的姿勢
- 顯然不受他人想法影響
- 先說才想

內部感受

- 感覺變高、變大、變強
- 滿意地深呼吸，將肺部擴張到最大

心理反應

- 個人想法正向
- 專注於自己的成就或成功
- 感覺可以征服世界
- 希望跟支持自己的親友在一起
- 渴望和他人分享成就
- 容易拿自己的標準評斷別人
- 高估自己的能力
- 低估別人
- 有權有勢的感覺
- 計畫並追求優勢

極度或長期驕傲的徵狀

- 喜歡證明他人錯了
- 吹噓，不斷提起自己的成就或特定物品
- 讚賞團體成就，僅為了提醒大家自己有參與
- 名聲若遭到攻擊，便生氣或忌妒
- 對未來目標做出極端的宣言或保證
- 重返達成成就的源頭或地點，好重振威風

掩飾驕傲的徵狀

- 委婉否認別人的稱讚
- 把功勞歸功給別人
- 將注意轉移到他人身上
- 尋求他人的意見，當成確認

進一步可能引發的情緒

自滿（參見第98頁）、藐視（參見第300頁）、自信（參見第90頁）

寫作小撇步

請瞭解筆下角色的情緒廣度。情勢緊張時，一個角色可能會過度換氣，另一個角色可能只會坐著稍微挪動一下。瞭解角色情緒外顯的程度，便能找到適合的肢體語言來呈現情緒。

驚奇

[amazement]

【定義】

極度驚訝或感到驚嘆

身體外部反應

- 睜大眼睛
- 嘴巴鬆開
- 突然動彈不得
- 飛快吸進一口氣
- 單手蓋住嘴巴
- 姿勢僵硬
- 小小驚呼一聲
- 快速眨眼，接著直盯著看
- 畏縮或驚動，身體稍微跳起來
- 倒退一步
- 不可置信地緩緩搖頭
- 口出驚嘆：「真不敢相信！」或「你看看！」
- 掏出手機記錄

- 四處張望，看別人是否跟自己感受相同
- 單手撫住胸口，五指張開
- 向前傾
- 靠近
- 探出手或觸摸
- 挑眉
- 張開雙唇
- 笑容燦爛
- 自動大笑
- 雙掌輕壓臉頰
- 替自己搧風
- 不斷重複同樣的事
- 誇張地尖叫

內部感受

- 心臟似乎靜止，接著大力跳動
- 血液急流
- 體溫上升
- 肌膚發癢
- 呼吸漸緩
- 腎上腺素激增

心理反應

- 一時忘記其他事情
- 想與他人分享這段經驗
- 頭暈眼花
- 不知所措
- 狂喜

- 無法用文字形容感受

極度或長期驚奇的徵狀

- 心跳加速
- 喘不過氣
- 膝蓋發軟
- 感到無法負荷，彷彿房間越來越小
- 昏倒

掩飾驚奇的徵狀

- 緊抓住自己（抱住自己）
- 以經過控制的斷續步伐前進
- 雙手緊貼在胸口
- 低頭或撇開頭，隱藏自己的表情
- 稍微瞪大眼睛，接著恢復控制
- 猛然閉上嘴巴
- 面無表情
- 坐下來好隱藏情緒
- 找藉口解釋自己的反應
- 口吃，結巴

進一步可能引發的情緒

好奇（參見第94頁）、不可置信（參見第38頁）、興奮（參見第284頁）

寫作小撇步

想替角色的情緒體驗增添層次，可以尋找角色當下所處環境的象徵符號。角色會注意到周遭什麼特殊的事物，能完美呈現他內心感到的情緒？

驚訝／震驚

[surprise/shock]

【定義】

意外感到驚奇、喜悅或恐懼

備註：可能為正面或負面情緒

身體外部反應

- 嘴巴大張
- 一手馬上摀住胸口
- 手指撫摸分開的嘴唇
- 驚呼
- 眼神不可置信，或表情茫然
- 頭猛然往後倒
- 雙手拍打臉頰
- 開玩笑用力拍打嚇了自己的朋友
- 拖著腳後退一兩步
- 大叫、驚呼或尖叫
- 姿勢突然僵硬，肌肉緊繃
- 走到一半停下來，或踉蹌跌倒
- 抱緊附近的朋友

- 暈眩
- 眼睛睜大或凸出，猛然回頭看第二次
- 搖頭，口頭否認
- 口吃，結巴
- 聲音音調提高
- 抓住朋友的手臂
- 遮住臉
- 緊閉眼睛
- 抓住頭部兩側，彷彿要遮住耳朵
- 手指伸展成扇形，抵著胸骨
- 撫摸喉嚨
- 轉身離開（負面驚嚇）
- 將書或包裹緊抱在胸前
- 舉手要他人別靠近或說話
- 聲音顫抖、輕柔、遲疑或不敢相信
- 問簡單問題來澄清狀況：「誰？」「什麼時候？」「為什麼？」
- 小露微笑，消化完吃驚事件則逐漸加深笑意
- 轟笑出聲
- 呼吸哽住
- 歪頭或轉向一邊

內部感受

- 肌膚發麻
- 胃部感覺沉重
- 心跳飛快
- 喘不過氣

- （如果碰到負面驚嚇）身體核心突然一陣發寒
- 錯亂、暈眩或狂喜
- 肚子感覺攪動
- 腎上腺素突然流過全身

心理反應

- 想要躲起來
- 思緒模糊，無法思考
- 尷尬

極度訝異（震驚）的徵狀

- 蹲下來，用手臂護住頭
- 感到恐怖而跌倒在地
- 喘不過氣
- 流淚或發抖
- 縮下巴遮住脖子
- 雙腿抽搐，往後跳
- 手趕忙遮住嘴巴
- 驚呼，或發出尖銳的驚叫
- 直覺抓住胸口
- 筋肉緊繃，頭僵硬地往後仰
- 逃跑反應（跑走，躲起來）
- 反擊反應（用力推始作俑者，揍人以舒解焦慮）
- 手臂縮向身體中心，保護自己
- 結巴或說不出話
- 咒罵或大叫

掩飾訝異（震驚）的徵狀

- 為了維持笑容而笑僵（負面）
- 快速眨眼
- 瞪大眼睛
- 挑起眉毛
- 抿著嘴笑
- 點頭，彷彿一點也不吃驚
- 身體短暫繃緊
- 呼吸一瞬間停止
- 握緊抓著的東西
- 一開始驚訝過後，甩手放鬆身體

進一步可能引發的情緒

驚奇（參見第 328 頁）、快樂（參見第 128 頁）、恐懼（參見第 156 頁）、生氣（參見第 66 頁）、解脫（參見第 244 頁）、失望（參見第 74 頁）

寫作小撇步

描寫情緒時，別害怕嘗試新花樣。每個人的情緒表達都應該真誠但獨特。

建議延伸閱讀

《說話前，先想好要伸哪根手指》（The Definitive Book of Body Language），亞倫・皮斯&芭芭拉・皮斯（Allan & Barbara Pease）著

《角色、情緒和觀點》（Characters, Emotion & Viewpoint），南茜・克雷斯（Nancy Kress）著

《創造角色情緒》（Creating Character Emotion），安・胡德（Ann Hood）著

《說謊：揭穿商場、政治、婚姻的騙局》（Telling Lies: Clues to Deceit in the Marketplace, Politics, and Marriage），保羅・艾克曼（Paul Ekman）著

《這樣寫出暢銷小說》（Plot & Structure:），詹姆士・史考特・貝爾（James Scott Bell）著，遠流出版

情感類語小典

The Emotion Thesaurus: a Writer's Guide to Character Expression

作　　者　安琪拉・艾克曼（Angela Ackerman）
　　　　　& 貝嘉・帕莉西（Becca Puglisi）
譯　　者　蘇雅薇
責任編輯　汪若蘭
版面構成　賴姵伶
封面設計　陳文德
行銷企畫　許凱鈞

發 行 人　王榮文
出版發行　遠流出版事業股份有限公司
地　　址　臺北市南昌路 2 段 81 號 6 樓
客服電話　02-2392-6899
傳　　真　02-2392-6658
郵　　撥　0189456-1
著作權顧問　蕭雄淋律師

2017 年 11 月 1 日　初版一刷
定　　價　平裝新台幣 290 元
（如有缺頁或破損，請寄回更換）

ISBN 978-957-32-8081-1
遠流博識網 http://www.ylib.com
E-mail: ylib@ylib.com

國家圖書館出版品預行編目 (CIP) 資料

情感類語小典 / 安琪拉 . 艾克曼 (Angela Ackerman), 貝嘉 . 帕莉西 (Becca Puglisi) 著 ; 蘇雅薇譯 . -- 初版 . -- 臺北市 : 遠流 , 2017.11
　面；　公分
譯自 : The emotion thesaurus : a writer’s guide to character expression
ISBN 978-957-32-8081-1(平裝)
1. 小說 2. 寫作法
812.71　　　106016360